元勇者の転生者
エルム・プランター

剣の勇者の末裔
ビンズ・ブレイヴフィール
苦労人なエルムの兄
ノルドラン・エアフィド
気弱な公爵令嬢
アルテミシア・レイブレイド

エルムが威勢良く取り出したるは、一本のブラシ。
そう、エルムは二人にブラッシングがしたかったのだ。
ペットを可愛がる基本と言えばやっぱり
ブラッシングだろうと、そこそこ良い物を
キースから買っていたエルム。
「よーしよしよし……」
二人の髪は勿論、尻尾も耳も、もふもふ要素は
全て丁寧にブラッシングして行く。
怒られるかもと少しの怯えが
あった双子も、ようやく理解に至る。
――このひとは、うばわない。

樹法の勇者は煽り厨。

～謀殺されたけど転生したから
煽り散らして生きて往く元最強～

ももるる。

ぶんか社

CONTENTS

プリムラとエルム。

「エルム、お前を伯爵家から追放する」

「あ？　そもそも俺はこの家に帰属してねぇから追放もクソもねぇだろボケが。もしかして自分で処理した俺の戸籍も読めないくらい耄碌《もうろく》したのか？　どうせ下半身は生涯現役なんだから頭も同じくらい使えやバカがよぉ」

エルム・プランターの冒険は、盛大な煽《あお》りから始まった。

◆

歴史に記される最も罪深き魔女、プリムラ・フラワーロード。

それはこの世で最も罪深き者の名であり、嘗《かつ》て世界を滅ぼさんとした魔王と手を組み、世界を救うべく立ち上がった五人の勇者を裏切った死毒を操る魔女が人類に紛れる為《ため》に名乗った忌むべき名である。

植物を自由自在に操る樹法《じゅほう》に適性を持ち、植物由来の毒を使って戦う特記戦力として勇者の供に選ばれておきながら、魔王との決戦に際して勇者を裏切り、その命を奪おうとした大罪人。

その美貌《びぼう》だけで傾国を為《な》すと言われる程だったが、正義に燃える勇者の前では色仕掛けも意味が無く、最後は実力行使に出て勇者に討たれたとされる。

――ふぅぅぅぅぅぅ…………。

そんな情報が羅列する古めかしい本を閉じ、エルムは疲労感が滲《にじ》むため息を盛大に零《こぼ》した。

「なんっかいも突っ込むが、俺は男だし」

エルムはまずそこに突っ込んだ。

エルム・プランター。今年で十二歳になる男児であり、エアライド伯爵家に産まれた四男である。

窓から差す陽光に照らされる髪は黒と見紛《みまご》うヘーゼルカラーで、瞳の色も髪とほぼ同じ。もしとある島国で暮らしていたなら、さぞ民衆に溶け込んだのだろうと思える程に「黒髪黒目」だ。

「裏切ったのブイズのクソ野郎だし、なんなら魔王討ったの俺だし、確かに女顔に転生してたけどガタイは悪くなかったから史実として女扱いされるのは物申したいし、歴史書の一種だからある程度盛るのは仕方ないにしても『傾国』は無いだろマジで」

しかしその正体は、何故《なぜ》だか生まれ変わった美貌の魔女プリムラ・フラワーロードであり、ついでに言うと惑星地球が存在する次元から転生して来た元男子高校生、藤原楡《ふじわらにれ》である。

帰宅部は許されない校則だったから幽霊部員御用達《ごようたし》の園芸部に所属し、時たま顔を出してちょっとした雑用をしては誤魔化していたどこにでもいる男の子だった楡は、真面目に園芸を嗜《たしな》んでる部員から頼まれた買い出しの途中に事故死する。

その後、見るからに「あ、これ進研ゼ〇で見たやつだ」と口にしそうな程コッテコテな転生を果たし、平凡な村出身の魔法使いから始まり最後は六勇者の一人として選ばれる程の実力を身に付けた。

当の楡は、せっかく転生したのに世界を壊されたら堪《たま》らんと魔王討伐に向けて勇者活動を頑張っていたのだが、あまりにも実力があり過ぎて他の勇者とは少なくない軋轢《あつれき》が生まれ、そのまま魔王討伐に向かってしまった。

そして楡、もといプリムラが主体となって魔王討伐を果たす、その瞬間。プリムラを良く思わない勇者筆頭であった「剣の勇者」が奇跡的なタイミングで裏切った為に、プリムラの人生はそこで終わった。

「マジであのクソ野郎、あのタイミングはダメだろうが…………！　何回思い出しても腹が立つ……！」

実のところ、魔王討伐に勤《いそ》しむプリムラだったが、紆余曲折《うよきょくせつ》あって魔王とは和解してた。しかし異世界で異世界転生らしい人生を歩んでいたプリムラはバトルジャンキーとしての性質があり、そして魔王も似たようなものだった。

魔王と性格的には和解してたプリムラだが、魔王とは存在するだけで人類とは相容《あいい》れない最悪の相性だったので、どちらかが滅びるしかなかった。なので「恨みっこ無しな」と命懸けの友好を結び、その果てにプリムラが勝利。

そこで「楽しかったぜ。じゃ、トドメ刺すわ」とプリムラが武器を構えれば、「ふはは、どうせ最後なのだ。手痛い置き土産をくれてやろう」と魔王も友達の悪ノリみたいなテンションで悪足掻《わるあが》きをし——

——そこで剣の勇者が裏切った。

魔王の悪足掻きとは、プリムラに瀕死《ひんし》級のダメージを残せる程に強い死別の呪いだった。ただ魔王とプリムラは命懸けの殴り合いをするほど仲が良く、プリムラも呪いに対する装備や対策もあったからこそ『悪ふざけ』で済むものだった。

プリムラも、最後の最後という事で、もはや親友級に仲良しな魔王が残す最後の爪痕《つめあと》であるし、真正面から食らって漢《おとこ》防御でもしようと考えていた。

しかし、そこで剣の勇者が動く。最後の一撃は魔王討伐のMVPであるプリムラが行うのが当然であるが、その背後からあらゆる対策を無効にする魔法薬をプリムラにぶっ掛けた。

その結果、お互い全力で殺し合ってダメージも蓄積していたプリムラは魔王の呪いで死亡。魔王もプリムラがトドメを刺したので死亡。残ったのは、樹法の勇者を除く六勇者の五人だった。

その後、世界平和の立役者を絶妙なタイミングで謀殺した勇者達は凱旋《がいせん》後、プリムラが魔王と通じていた人類の裏切り者であるとデタラメをでっち上げ、それが今の時代まで語り継がれている。

「いやホント、何回読んでもマジでクソ。ブイズの野郎、今も生きてたら五千兆回ぶっ殺してぇ

「…………」

こうして、藤原楡であり、プリムラ・フラワーロードでもあった救世の勇者は三度目の転生を果たし、現在は物置小屋と見紛う程に粗末な自室で本を読んでいる。

エルム・プランター。伯爵家の血を引く四男ではあるが、粗末な部屋を見れば分かる通りの扱いを受けている。とどのつまり、公的な記録には存在しない四男である。

どうしてそんな扱いを受けているかと言えば、エルムは妾《めかけ》の子であり、下半身が緩い当主が屋敷の使用人に手を出してしまった事で産まれた子供だった。

正妻は勿論《もちろん》、第二夫人や公認された愛人ですらなく、屋敷の使用人である。それも他所《よそ》の貴族家から預かった由緒正しい侍女であったなら良かった。いや、全然良くもないのだが、まだギリギリセーフと言えた。

しかし、人生の半分は下半身をビンビンにしてる男と名高いエアライド伯爵は、なんと屋敷の下働きに手を出した。

下働き、つまり下男や下女である。洗濯や雑用、汚物やゴミの処理など、学や教養が無くてもできる仕事を任される完全無欠の平民であり、身分の高い貴族が後腐れ無く遊ぶ以外では絶対に手を出してはいけない相手である。

何故なら平民の血筋から伯爵家の当主が産まれる可能性が僅《わず》かながらに発生するから。

極端な話、エルム以外の直系が全員死んだ場合、完全無欠の平民を母に持つ子供が当主になってしまう事態になるのだ。当然、他家から嫁入りして来た正妻達は納得できない。そうなると親戚筋に当たる他家から真っ当な血筋の者を養子に迎えたりなど、相応の手間が掛かる上に伯爵家の直系ですらなくなる方法に頼らざるを得ない。

軽く問題点を挙げるだけでもこんな激ヤバ案件が出て来るので、高位貴族は平民と遊ぶ場合、後腐れ無い関係で終わらせるように苦心するのが普通である。少なくとも屋敷の外で遊び、もしもの場合は手切れ金を渡して終わらせる事が可能な距離感がベストとなる。

しかし、エルムの母は下女とは言え屋敷で働く者だ。超広義的に言えば伯爵家の身内であり、屋敷の者にもハッキリと「伯爵のお手付き」と周知されてしまってる。そんな女性が孕《みごも》れば、恐らく腰蓑《こしみの》で暮らす原人ですら察する。あ、ヤっちまったんだなと。

エルムの母は、平民にしては容姿が抜群に良かった。当時若かった事もあり、本来なら当主の目に付かない場所で働き、一生目に付かないまま年老いてく。そのはずだったのに、絶対に遭遇するはずも無かった当主はエルムの母を見付けてしまった。

結果、エルムの母はほぼ無理矢理に手を出され、孕《はら》まされ、子を産めば正妻や側室達に疎《うと》まれ、いびられ、遂《つい》には三年前に心を病んで衰弱死した。

エルムとしても、三回目の人生に於《お》ける母親などどう扱って良いか分からない存在だったが、それでも母の死に様が胸糞《むなくそ》悪いものだと感じる心くらいはあった。

特に、三回目の転生は記憶を思い出す過程が実にゆっくりだったので、前世の記憶が一切無い幼少の頃は普通に甘えてた時期もある。

そんな訳で、エルムにとってエアライド伯爵は下半身が元気なだけのクソ野郎であり、一切敬う必要が無いゴミだった。

「ねぇ四男、ご当主様からのお呼び出し――――」

屋敷の書庫からパクった歴史書に憤りをぶつけ、部屋の隅に投げ捨てたエルムは、ノックも無しに入って来た侍女に向かって魔法を放った。

「いっ、ぐぅぅううう………!?」

「ノックくらいしろよカスが。エアライドが使用人の教育もできねぇゴミなのは誰もが知るところだが、思春期のプライバシーをなんだと思ってんだ」

「がぁ、痒《かゆ》ぃいいぃ……！」

エルムが放った魔法は、前世でも大いに活用した樹法に類するものであり、効果としては四半時《さんじゅっぷん》程強制的に軽いアレルギーを引き起こす花粉を浴びせるものだった。

真っ赤に染まる自分の顔を必死に掻《か》き毟《むし》る侍女を蹴っ飛ばし、呼び出したらしい当主の元に向かうエルム。侍女の分際で四男とは言え直系であるエルムを「ねぇ四男」などと呼ぶ相手に掛ける優しさなど、エルムは持ち合わせていなかった。

金だけは掛けただろう屋敷の廊下をポケットに手を入れたまま歩き、嫌な視線を寄越《よこ》す使用人達を路傍の石の方がまだ価値を感じるとでも言いたげな目で見ながら当主の執務室に向かう。

目的地に辿《たど》り着いたエルムは、ポケットから手を出す労力を面倒だと感じて扉を蹴っ飛ばして開ける。

そしてなんやかんやあり、冒頭である。

◆

エルムが入った当主の執務室は、場合によっては応接室の側面も持つ為にかなり広く、そしてソファーやローテーブルも相応の品質で誂《あつら》えてある。

そんな部屋にはエルム以外のエアライドが勢揃《ぞろ》いしており、蹴破られた扉の音で大半が驚いてエルムを見た。

「おぉ～、何、全員揃ってんじゃん。って事は俺が最後？　なんだよく分かってんじゃん。やっぱ格下は先に待っとくのが礼儀《れいぎ》だよな。出迎えご苦労」

エルムは紆余曲折あった二度目の人生で性格がかなり攻撃的になってる為、記憶を取り戻してからは嫌いな相手に対して一切敬う事をしない。何を言われても煽るし、煽られたら三十倍くらいにして煽り返すし、なんなら相手が口を開く前から煽る。

殴られる前に殴れ。それが救世勇者のジャスティスである。ちなみにエルムの人生で一番酷《ひど》い煽りが飛び交ったのはプリムラ時代で魔王戦の時であり、お互いにゲラゲラ笑いながら煽り合戦をしていた。

当主は執務机に、残りはソファーに座ったり窓の傍《そば》で外を眺めてたりと、思い思いに過ごしてい

る。エアライドの血縁以外では家令のみが同席しており、あからさまに重大事を話し合うような席になってる。

「エルムぅぅう…………！」

そんな中で、ソファーに座っていた金髪の青年が怒りながら立ち上がってエルムを睨《にら》む。

「おお、長男じゃん。何、どしたのその顔。随分カッコ良くなってんじゃん？」

「テメェのせいだろがぁッッ！」

青筋を限界まで立てた男が怒声を上げる。その男はエアライド家の長男であり、嫡子であり、つまりは次期当主だ。

その顔は一部が痛々しく真っ青に染まり、所々が腫れ上がってる。勿論、犯人はエルムだ。

前世の記憶が薄かった幼少期に死ぬ程イジメを受けた為、今でも同じような対応を続ける兄弟達には痛烈な仕返しをしているのだ。当然ながら物理的な話であり、精神的な話でもあり、要するにボッコボコにしていた。

今世のエルムは前世の記憶と魔法系統を引き継いでおり、流石《さすが》に魔力は引き継げなかったがそんなものは訓練でどうにでもなる。つまり技術関連はほとんど救世の勇者スペックなのだ。基本的には誰が相手でも負けないし、精神的な強さも魔王討伐を経験したエルムは実質勇者スペックである。

高々ちょっと位《くらい》の高い貴族の嫡子程度は簡単にあしらえる。

「ふむ、ガルドの怪我《けが》について聞くつもりだったが、その様子を見るに聞くまでもないようだな」

怒り過ぎて憤死するんじゃないかと思う程に煽り散らされる長男を尻目に、エルムを呼び出した当主は無駄に雰囲気を出しながら口を開いた。

「お？　何、脳が下半身に詰まってると噂《うわさ》のご当主様が賢《さか》しげな事言っちゃって。どしたん？　考え事してたら下半身の脳がギンギンになっちゃったの？　いい加減、その帽子を置くだけしか使い道が無い頭に考える機能を返してあげた方が良いんじゃね？」

呼吸をするよりも滑らかに煽りが口に出るエルムに、現当主に相応《ふさわ》しい威厳を醸し出す男が鋭い視線を投げる。実際にギンギンか否かは机に隠れて誰も確認できない。

現当主は見た目だけならば威厳たっぷりのやり手貴族といった風体で、節制とは無縁の生活にも関わらず引き締まった体である。しかしその立派なスタイルを維持する理由が下半身を有効活用する為である事はこの場の誰もが知っている。末の妹さえ知っている。

筋肉質であった方が女性受けが良いし、何より筋肉があれば無茶な体勢でも色々できるのだ。

「エルム、お前の奔放な性格を今日《こんにち》まで静観して来たが、次期当主たる嫡子《ガルド》に怪我をさせたとあれば捨て置けん」

「ふーん、こっちはお前の奔放な下半身を静観して捨て置いてやってんだけどな。長男のツラがちょっと歪《ゆが》むより、お家騒動の種をバラまく方が罪重くね？　頭は大丈夫か？　もしかして考え過ぎてギンギンだった脳みそさんが萎《しぼ》んじゃったのか？」

一を言えば十を返すのがエルム流だった。もしかしたら百だったかもしれない。

当主は内心で苦虫をグロス単位で噛《か》み潰《つぶ》したような顔をしながら、しかし当主としての威厳を損なわずに真顔で対応する。

「ガルドは我がエアライドを継ぐ尊き子である。害する事はまかりならん」

「その尊さを下半身で安売りしまくってる男の言う事は説得力があるなぁ、尊敬しちゃうぜ。もしかして供給過多になると需要が下がる経済の基本をご当主様はご存じない？　尊いって言葉の意味ちゃんと理解してる？　児童用の教本でも持って来てやろうか？」

「今回の事は、長男《ガルド》の母ミワルマも大層心を痛めておる。まさか我が子の血が、こんな事で流れようとは……」

「多分、正妻《その人》の心を一番痛め付けてるのはあんたの下半身だと思うけどな。正妻との旅行中に現地妻五人作ってブチ切れられたの忘れてたりする？　まさかあんな馬鹿《ばか》な理由で伯爵家当主の血が流れるとは、俺も思ってなかったよ。引っ掻かれた場所どこだっけ？」

「下賤《げせん》の者に流される程、我がエアライドの血は安くない。暴力による流血など、以《もっ》ての外だ！」

「もしかしてその下賤の者に流れてる血の半分がエアライドなのご存じない？　自分が伯爵家を一番貶《おとし》める発言してる自覚ある？　もしかして狩猟民族の血が流れてる？　投擲棍棒《ブーメラン》投げるの上手《うま》過ぎるんだけど実はこっそり練習とかした？」

「んぷひゅっ……！」

とうとう家令が吹き出した。当主は睨むが、家令は先代からこの家を支える超有能な人材である為、多少の無礼では罰する事もできない。

「…………エルム、本日をもってお前をエアライド家から追放する」

机の上で手を組み、まるで汎用人型決戦兵器を運用する組織のグラサンを彷彿《ほうふつ》とさせる雰囲気で、当主が言い放った。

「あ？　そもそも俺はこの家に帰属してねぇから追放もクソもねぇだろボケが。もしかして自分で処理した俺の戸籍も読めないくらい耄碌したのか？　どうせ下半身は生涯現役なんだから頭も同じくらい使えぇやバカがよぉ」

そして遂に直接的な暴言も噴き出した。エルム的にはかなり我慢した方である。

「俺の名はエルム・プランターだろうがよぉ。最初からエアライドじゃねぇだろボケが。もしかしてガキ作り過ぎて誰がどの名前だか分からなくなったのか？　それともマジで字が読めない？　まだ文字も読めないご当ちゅちゃんのために書類読んであげまちゅかぁ～～～？」

顎《あご》をしゃくらせながらの盛大な煽りである。恐らくエルム自身もこの顔で煽られたら秒でキレるだろう渾身《こんしん》の出来だ。惜しむらくはこの顔を保存する技術がこの世界に無い事か。唇のラインがかなりの芸術点を稼いでいる。是非とも写真に収めたい完成度だ。

「はっ！　そんなに悔しそうにすんなって！　今更何を言ったところでお前の追放はもう決まってんだよバーカ！　テメェのよく回る口でも、どうにもならねぇだろ！　ははははっ！」

途中、良い気になった長男ガルドが鬼の首を取ったように笑うが、エルムはキョトンとした顔で見返した。あまりにもトンチンカンな事を言われたので、思考にバグが発生したのだ。

「…………ん？　えーと、俺は今、そもそもエアライドじゃないから追放もクソも無いって、ちゃんと口に出てたよな？　心で思っただけで黙ってた訳じゃないよな？」

あまりにも発言がアレ過ぎて、逆に不安になるエルム。この時、逆でもなんでもなく、本当に不安になっている。…………一瞬だけ。

「も、もしかして長男ちゃん、もしかしてだけどさ？　あの、今の会話から『俺は最初から追放扱いを受けてるだろ』っていう、そんな簡単な言外のやり取りすら、分からなかったのか？　大丈夫か？　一応お前って、次期当主用の高等教育受けてたよな？　教育されてその程度なのか？　流石の俺もそれはちょっと心配になる無能さだぞ。本当に大丈夫なのか？　脳の病気じゃないよな？　いや、むしろ病気であってくれ、頼む。もし素でその知能だったなら、あまりにも哀れで涙が枯れる自信がある。教育費が無駄だしお前に教えてる教師の時間が無駄過ぎて泣けてくる…………！」

今日一番の長文煽りコメントが炸裂して長男の顔色は真紅に染まる。

「大丈夫なのか長男ちゃん!?　顔が真っ赤だぞ!?　口紅でも塗ったのか!?　それは唇に塗る物であって顔に塗りたくる物じゃないって末っ子《クナウティア》だって知ってるぞ!?　本当に大丈夫なのか!?　お化粧したいお年頃なのか!?　でもお前のブサイクさは化粧程度じゃ誤魔化せないぞ!?　現実をちゃんと見────」

そこでエルムは一度、「あぁ、そうか……」みたいな『完全に納得した顔』を披露して、言う。

「現実を見たから、顔の全部に紅《べに》を塗ったんだな。そのくらいしないと、隠せない駄目《ダメ》だいもんな……」

煽る煽る。煽られ過ぎて長男はもう、呼吸すらマトモにできてない。

そもそも紅なんて塗ってないのに、ここまで一気に煽れるのは、もはや才能とさえ言える。

こんな男が兄弟に産まれた長男は不幸かもしれないが、しかしその責任はやっぱり当主の下半身にあるのでエルムは悪くない。

ちなみに他の兄弟は既に、エルムに攻撃すると凄《すさ》まじい反撃が来ると理解してるので見て見ぬふりだ。そしてエルムより歳《とし》下の五男、六男、四女、五女はエルムに対してそこまで大きな隔意《かくい》を抱いておらず、末っ子の六女であるクナウティアはエルムに懐いてるくらいだ。未《いま》だに頑張って噛み付くのは長男のみ。このへこたれない精神はある意味でエルムと相性が良いのかもしれない。

「とまぁ茶番は置いといて」

もはやエルムにとってオモチャである長男を煽り散らしたら、当主に向き直って会話のやり直しをする。

「無能であるご当主ちゃんと俺の間に言語的な齟齬《そご》がある可能性を一応考慮して確認するんだが、要は屋敷から出てけって事だよな？　まさか本当にエアライドの名を捨てろーとかってバカ過ぎる意味じゃないよな？　もしそうなら無能過ぎて逆に恥ずかしいしコッチから縁切って二度と近寄りたくないんだが」

本当はキレ散らかしてエルムを殴り殺したいが、樹法による陰湿な報復が怖過ぎてポーカーフェイスを維持する当主に確認したところ、どうやらお互いの認識に齟齬は無く、自分を屋敷から追い出したいのだと理解したエルムは、喜んで追放を受け入れた。

そも、こんな茶番を用意されなくても近いうちに家から出る予定だったのだ。それが少しだけ早まったに過ぎず、なんなら当主《オモチャ》と長男《オモチャ》を煽れた分だけプラスだったとすら言える。

ちなみに、樹法によるエルムの報復だが、勇者スペックは発揮せずに心底陰湿で悪質なものに留《とど》めてる。下手に能力をひけらかすと、家に縛り付けられる可能性を考慮しての事だ。

なのでエアライドの面々はエルムの事を、少し上手く魔法を使えるクソガキ程度に思っている。

それでもエルムの酷過ぎる態度が許されるのは、それだけ報復が陰湿で悪質で凄惨《せいさん》なものだった事の証《あかし》である。

当主が実際にどんな目に遭ったかと言えば、遅効性で凄まじい刺激臭《しげきしゅう》を発するように変化する花粉を服に仕込まれ、女性とのデートで一番ダメージがデカイタイミングで効果が出るように調整されたせいで高級レストランの中で臭《にお》い爆弾に強制変身させられたり。

女性との逢瀬《おうせ》に使う為に購入した精力剤の中身をすり替えられ、一度飲めば股間の紳士が三日三晩痒みに苦しむ樹液にされて本番直前に死ぬほど恥をかいた事や。

樹法によって変質させた特殊な芋を料理に仕込まれ、逢《あ》い引き中にゲップと放屁が止まらなくなる変質者にジョブチェンジさせられたり。

その他諸々《もろもろ》、暴力による直接的な制裁、報復、躾《しつけ》を行うと倍返しで酷い目に遭わされた当主はもう、エルムを害する事を止《や》めたのだ。しかし酷い目に遭った場面が結局下半身に由来する現場なので、誰にも相談できずにいる。他の面々も下半身は関係無くとも似たり寄ったり。

特に次男は、想い合ってた令嬢との逢瀬でエルムトラップが炸裂して破局した経験がある為、エルムへの手出しを本気で怖がってる。奴《やつ》に手を出したら自分は一生結婚できないかもしれないと、割と酷いトラウマになってる。

「て言うか、アレだろ？ 長男《バカ》がどうとかって、建前だろ？ 来月辺りに第二王女が視察に来るから俺が邪魔なんだろ？ 別にこんな茶番用意しなくても喜んで出て行くのに、なんでこんな無駄な事したん？ もしかして煽られたかったの？ 罵《ののし》られて喜ぶ変態なの？ 流石エアライドっすわぁ」

最後の最後まで煽り散らすエルムに、内心でブチ切れる当主。それでもポーカーフェイスは崩さなかった。

この当主は、貴族としての能力が下半身に比例してるので実は有能だったりする。

だからこそエルムは勇者スペックを隠していたのだ。活用法を見出《みいだ》されて知らぬ間に手続きされ、法的にプランターからエアライドになってたりしたら悪夢である。

散々オモチャで遊んだエルムは蹴破って壊した扉から退室後、その足で自室に向かう。肉体的にも法的にも、どうしても弱者の立場を強いられる肩書きである『子供』の時間はもう過ぎた。

十二歳とはまだ十分に子供であるが、市井《しせい》であれば既に働いて自立してる者もいるギリギリの年齢だ。

やっと三回目の人生を始められる事になり、エルムは軽くスキップしながら部屋に戻った。

母は既に死んでいる。父はアレなので気にする必要も無く、冷遇される立場にあるので荷物も大して持ってない。

困った事があっても、鍛え抜かれた樹法を使えばどうにでもなる。そも、二回目の人生では村人スタートだったのだ。大した荷物なんて必要無い。

「さて、荷物は着替えと金だけあれば良いよな。後は大抵、樹法でどうにかなるし。装備もベースと種だけあれば良いし」

独り言を呟《つぶや》きながら、革製の鞄《かばん》に着替えと財布を詰め込むエルム。鞄は藤原楡だった時の記憶を頼りに作った物で、革製だが見た目はタクティカルバックパックである。エルムが子供なので大人用の大容量バッグは諦《あきら》めたが、それでも二十リットルは入る逸品だ。

オーダーメイドなので金は掛かったが、どうせ使った金は屋敷からパクった物なのでエルムの懐は痛まない。鞄に詰めてる財布に入った金も出処《でどころ》は一緒だ。

エルムに与えられた服は元々が質素な物なのだったが、エルムは樹法によって木材を植物繊維《セルロース》に分解し、そのまま魔法で操って自分の服を仕立てる。

深い緑色と黒が基調となった、シンプルながらスタイリッシュなローブ風ジャケットである。下に着るシャツもパリッとした白地で、パンツも黒いカジュアルスラックス。この時代で見るならかなりオシャレな出《い》で立ちだが、貴族と言うには装飾も少なくあまりに質素。これなら市井に降りても問題無いだろう。

荷物の準備はすぐに終わり、次は装備品である。と言ってもコッチも大した物は無い。

エルムは樹法と呼ばれる魔法のプロフェッショナルであり、植物を操る事にかけて世界で最高峰の人物だ。大抵の事は本当に魔法でどうにかできてしまうので、それを補助できる最低限の装備さえあればエルムはほとんど無敵なのだ。

更に今世では、前世で持っていたプリムラの樹法に加え、エルムとして産まれた事で新しく手に入れた扇法《せんほう》、つまり風属性の系統もある。

残念ながら前世のエルムは完全に樹法特化型だった為、扇法の扱いについては素人である。一応全系統を軽く扱えはするが、得意ではない。

だが、エルムには既に頼り切れる樹法がある。扇法についてはゆっくりと練習できるので全く問題は無かった。

「しっかしアレだな、せっかくの三回目の人生《サードライフ》なんだから、シングルじゃなくても良いのにな」

魔法の系統。それは個人が持つ魔力の質に由来するもので、エルムであれば植物と風に対して強く干渉できる魔力だという事だ。

自分が持つ系統以外の魔法も、しっかりと訓練すれば使えるようになる。だが系統が一致してる属性と比べればやはり効率が悪く、自分が持つ系統以外の魔法を極めようとする者は稀《まれ》。

エルムは今世で二つの系統を持つ事になったので十分に恵まれてると言えるが、複数の系統を持つ者がそこまでレアなのかと問われるとそうでもない。

樹法そのものはそこそこレアな属性であるが、複数の系統を持つ事自体は『ちょっと珍しい』程度の事だ。どのくらい珍しいかと言えば、二系統持ちならば百人に一人はいる。千人集めれば十人はいる計算だ。結構多い。

しかし三系統持ちになると一万人に一人と言われ、四系統持ちは数百万人に一人である。五系統持ちまでいくと、『世界中探せば多分いる』くらいの確率になる。完全な御伽噺《おとぎばなし》ではないものの、生ける伝説くらいのレア度だろう。

だが、レア度の話をするのであればエルムだって元勇者だ。それも魔王を倒した本物の立役者であり、五系統持ちよりもレアと言える。

なのに転生して得た属性はありふれた扇法が一つだけ。もし前世の記憶と属性を引き継がなかったら、扇法一つだけの一系統持ち《シングル》だった訳である。

エルムとしては、転生した事について『世界救ったのに裏切られて殺された補填《ほてん》と思えばプラマイゼロ。つまりノーカン』と考えていて、最初から極めた樹法を使えるアドバンテージも『樹法の扱い自体は前世で自分が努力した結果だから転生と合わせてノーカン』と裁定してる。

そこに『系統ガチャ』で完全無欠のノーマルである扇法シングルを引いたエルムは、ぶっちゃけると納得してない。転生と引き継ぎは謀殺と救世が相殺《そうさい》されてるので、転生して得る系統のみが純粋に世界を救った特典と言える。その特典が扇法のシングル。エルムは大いに不満だ。

「レア属性とは言わなくても、せめてダブルくらいは欲しかったよなぁ。一つが扇法なら、燐法《りんほう》とかさぁ」

燐法とは火属性の事だ。燐とは元素を表す言葉だが、鬼火や狐火《きつねび》を意味する文字でもある。魔法では何も無いところに火を発生させられるのだから、意味合い的にもピッタリだろう。

他にも水属性の泓法《こうほう》、土属性の型法《けいほう》、氷属性の冫法《ひょうほう》、雷属性の霆法《ていほう》、回復やバフ属性の霊法《れいほう》等々、様々な系統が存在する。

当然、向き不向きに加えて好みもあるので、自分に合った系統を得られるかは完全に運である。ある程度は血統の管理で傾向を作る事も可能だが、それも確実とは言えない。

ちなみに、エルムが使う樹法は現在、この世界で一番嫌われている系統だったりする。それは剣の勇者を筆頭に六勇者の五人が流した『プリムラの裏切り』が原因であり、魔王討伐によって相応の権力を得た剣の勇者が「樹法は邪悪な系統である」などと吹聴した。歴史書にはそう記されている。

逆に一番人気の系統は当然、剣の勇者が得意とした系統である。その名も刃法《じんほう》。飛ぶ斬撃が放てたり、魔力で剣を生み出したり、バリバリに戦闘特化型の系統である。と言うか戦闘以外に使い道がほぼ無い珍しい系統でもある。

日常で無理矢理使うとしたら、包丁を生み出して料理したり、ちょっと困った時にナイフを生み出せたりするくらいだろうか。

系統としてのレア度はかなり高く、市井では十万人に一人くらいの確率だ。ただ権力者が率先して取り込みたがるので、連綿と取り込み続けた刃法持ちの血統が濃い貴族や王族では、かなり高い確率で産まれる。特に王族では、二十人に一人くらいは刃法持ちが出る。

エルムが憎んでる剣の勇者血統も王族並みの確率なので、もし剣の勇者ブイズにそっくりの刃法使いなんかとエルムが遭遇したら、悲劇が生まれる事が予想される。

「さて、準備はこれで良し」

エルムは木製のブレスレットを右手に嵌《は》めた。これはエルムがベースと呼んでいる物で、樹法の起点として使う物だ。

次に植物の種がたっぷり詰まった麻袋を二つ持ち、一つは太もものポケットに、もう一つは右の腰に紐《ひも》で吊《つ》るす。

この二つさえあれば、エルムはどこでも戦える。ベースは木製故に樹法で操れ、魔力を流せば武器への変形や一時的な質量増加も可能。要するに、魔法で即座に武器として使う為に木材を身に着けておく為の措置である。

種の方はなんの変哲も無い草花の種を集め、それを材料にして樹法専用の触媒に改造した物だ。果物から採れた種も、草花から採れた種も、総じてちょっと茶色いレモンの種子のような形に改造されて統一してあり、それが両手で包み込めるサイズの麻袋二つにギッチリと詰まってる。

この種で樹法を使えば、どこでも即座に植物を好きに生み出せる他、種その物がある程度の魔力を練り込まれてるので、使用する魔力を節約できる利点がある。簡単に言えば種の生成で魔力を先払いする事で、有事の際に使う魔力消費を減らしているのだ。

「よっし、行くか。十年ちょっとも暮らしたのに、出て行くのに全然名残惜しくないな、この家。特に帰りたいと思えない家って、造りが綺麗《きれい》でも最大の欠陥住宅じゃねぇ？」

とうとう無生物にすら煽りを入れ始めたエルムは、子供が使うにしては大容量なのに持ち物が少な過ぎてスッカスカなバックパックを背負い、部屋を出る。

「さぁて、何して生きていこうかね」

◆

「ああ、来たのね」

「んぉ、アベリアさんじゃん。ちっす」

エントランスを抜けて外に出たエルムは、そこで待ち構えていた人物に捕まる。

「ぉにいちゃっ……！」

「クナも来たのか」

銀の髪が美しく、ナイスバディという言葉は彼女の為にあるとさえ断言したくなる美貌の女性。

名前はアベリア・ハニーサックル。

元は高級娼館《しょうかん》から身請けされた超高級娼婦《しょうふ》であり、現在はエアライド家当主の公認愛人である。

そして末っ子であるクナウティアの母でもあった。

公認愛人とは、要するに正妻がその存在を認めてる愛人の事であり、しかし身分的に『妻』には成れない者を指す。

娼館上がりの者が公認され、何故エルムの母は妾扱いだったのか。それは高級娼館という施設の特殊性に起因する。

高級と冠に付く通り、高級娼館とは利用する為に必要な金額が普通の娼館とは桁外れで、専《もっぱ》ら貴族や豪商を相手に春を鬻《ひさ》ぐ事で禄を食《は》む場所だ。

その性質上、サービスを提供する女性は相応の教養を身に付けた者であり、平たく言えば『貴族として暮らしてもトラブルを起こさない者』である。

たとえばエルムの母は完全無欠にピッカピカの平民だった訳だが、そんな人物が伯爵家のテーブルで飯が食えるのか？　マナーは？　食に対する知識は？　そも、誰が平民の食べる皿を毒味するのか？　平民の為に死ねるのか？

毒味は専門職である。薬学に精通した人物でなければ毒味をする意味が無い。何故なら本職が毒殺を企《たくら》んだ場合、素人に食べさせて死ぬか否かを判別するような形に意味が無いからだ。本職なのだから知識と技術でいくらでも回避できてしまう。

それに対抗するならば、当然その本職の暗殺者にも負けない知識が必要となる。

食事に混入させるに相応しい毒の種類を把握して、どの程度を口にすればどの程度の症状が出るのか。それを知らない者では、毒味など「多少は安心できる」以上の意味も持たない。

百グラム摂取すれば症状が出る毒があったとして、毒味役が五十グラム食べて「平気でした！」じゃ、意味が無いのだ。その後に貴族が百グラム以上食べたら当然、その貴族は死んでしまうのだから。

毒とは効果を発揮する有効量を摂取して、初めて毒たり得る。それ以下の量・濃度ならば、人は硫酸だって口にできる。

もっと言えば、症状が出る時間も把握せねばならない。摂取してから三十分で症状が出る毒もあれば、一時間経《た》ってから症状が出る毒もある。

一時間で効果が出る毒が入った料理を三十分前に毒味役が食べたからと安心して口にすれば、その三十分後に毒味役が死に、更に三十分後に貴族も死ぬ。

そういった毒殺を回避する為に毒味役が存在するのであれば、それらを把握してる知識人でなければ毒味役など務《つと》まらない。

そしてそれはつまり高給取りであり、バリバリの下女であったエルムの母と比べたらどちらが希少かなど語るまでもない。

食事一つ取ってもこれだけ問題が出て来るのに、平民が伯爵家の妻になど成れやしない。公認された愛人ですら無理である。

ならば高級娼婦なら良いのか？　答えはイエスなのだ。

何故なら高級娼婦は『高級』だから。言うなれば生きた宝石であり、囲う事に価値が生まれる。

だってストレートに高価だから。

宝石としての価値が既に十分確保されてるのが高級娼婦であり、更に教養もあるのだから一般の平民など比べるまでもない。

伯爵家で食事を取ってもマナーは完璧。正妻や第二夫人の領分を侵さない気遣いも当然ながらできるし、面と向かって喋《しゃべ》っても内容を理解できる。

どこの領地で作られた絹でドレスを作った。あの国の化粧品はこんな使い心地だった。どの銘柄のお茶がどんな味で、社交で流行《はや》るダンスはどうで、どの芸術家が手掛けた絵がどのようなクオリティなのか、高級娼婦はその全てに対応できる。だからこそ『高級』娼婦なのだ。

「見送りかな？　さっすが王都の高級娼館出身。気遣いが違うね～」

「まぁ、ウチの子も世話になってるからねぇ」

そんな元高級娼婦であるアベリアは、公認とは言え正式な妻ではない。だからこそエルムとはそこそこ仲が良い。

そも、アベリアがエアライド家に来たのはエルムの母が死んだ後であり、イジメには加担してない。

クナウティアも本当にこんな色気ムンムンの女性から産まれたのかと疑いたくなる程に純粋な女の子で、エルムにもよく懐いている。

つまりエルムが攻撃性を向ける理由が皆無なのだ。

もしエルムが前世の記憶を取り戻さず、弱いままの子供だったら話は違ったかもしれない。だがアベリアが来た頃のエルムは既に、記憶の一部を取り戻して高い攻撃性を有していた為、場の空気を読める高級娼婦たるアベリアがエルムを攻撃する理由が無かった。

手を出したら即座に噛み付かれ、与えたダメージと比べて何倍もの負債を押し付けて来る相手だ。そして屋敷にはもう被害者が大量にいて、いくらでも話が聞ける。そんな状況でエルムに対する冷遇に加担するのはただのアホである。もしくは個人的にエルムへ恨みがある者だろう。

勿論エルムとアベリアはエアライド家での邂逅《かいこう》が初対面であり、アベリアはそもそも賢い子供が嫌いじゃなかった。

「寂しくなるねぇ」

「そうかね？　ぶっちゃけアベリアさんと俺って、そんなに絡み無くね？」

「そうだけどね、あんたが口にするキレッキレの罵詈雑言《ばりぞうごん》がもう聞けないと思えば、やっぱり寂しいのさ」

アベリアは賢い子供が嫌いじゃない。というより、老若男女問わず賢い者を好んでる。そしてエルムは人生が三回目の為に相応の知性があるし、何より藤原楡だった頃に経験した文明レベルに由来する発想やセンスは、他には無いものだった。

もっと言うと、『煽り』とは意外と知性を要求される行為なのだ。相応のインテリジェンスが無い煽りは、最終的に「うるせぇばーかばーか！」レベルの酷いものに収束していく。もしくは味がしなくなったガムを噛み続けるが如《ごと》く、同じ粗《あら》をとにかく突き続ける醜く泥臭い様相になるだろう。

「いやぁ、今日のは特に傑作だったね。なんだいあれ、ブーメラン？　よくそんな珍しい道具を知ってるねぇ。確かに喋れば喋る程に自分へ返って来るあの様子は、まさにブーメランじゃないか」

カラカラと上品に笑うアベリアだが、対するエルムはちょっと照れてしまう。何せ日本ではかなりポピュラーな煽りである。そこまで絶賛されると逆に羞恥心《しゅうちしん》が湧《わ》いてくるのだ。

だがアベリアにしてみれば、遠くの地にて使われるという狩猟用の『投げたら返って来る棍棒』なんて、数多《あまた》の客の中に極小数、そんな事を口にする客がいる程度なのだ。そんな見識をさらっと口にして相手を罵倒するエルムの言葉は、かなり痛快に映る。

「あのいつも真顔で、何が楽しくて生きてるんだか分からない家令がさ、思わず噴き出したのも良かったねぇ。あんな瞬間はきっともう二度と見れないに違いないよ」

「だろうねぇ」

エアライド家の家令は、厳格だった先代から一族を支えている敏腕であり、常に『ちょっと笑って見える無表情』がトレードマークの人物だ。

使用人を取り仕切る立場でもあり、エルムの母の上司でもあった人である。そんな家令は、本来なら絶対に出会わないはずの当主とエルム母を会わせてしまった事に責任を感じていた。その負い目もあってエルムに対して隔意が無い。アベリアと並んで、エアライド家の中でエルムが素で付き合える稀有《けう》な人物の一人だった。

「ふふっ、今度機会があったら御用商人に言ってブーメランでも用意しようかね。あの家令に見せたら思い出して噴き出すんじゃないかい？」

「あ、それ面白そう。俺も旅の途中にブーメラン見付けたら送っちゃおうかな」

ケラケラと笑い合ってると、ずっと放置されてた幼い姫様がお冠になった。まだ三歳で舌っ足らずのお姫様は、エルムの裾《すそ》を何度も引っ張ってアピールする。

「ぉにぃちゃ、くなとおしゃぇりしてぇ～！」

「あーはいはい、少しだけだぞ～」

余談だが、クナウティアが三歳で、エルムの母は三年前に死んでいて、アベリアはエルムの母が死んでから屋敷に来た。単純に並べると数字はピッタリだが、『妊娠期間』を考えると一年程数字が合わない。

この理由は、下半身伯爵様が『身請け手続き中に孕ませ、娼館で出産までさせてた』が答えとなる。つまりアベリアは零歳児と共にエアライド家にやって来たのだ。下半身伯爵様の下半身は実に下半身だったのだと言える。零歳児を動かすなど正気の沙汰《さた》じゃない。

楽しそうにエルムと喋るふわふわの女の子が、半分は下半身伯爵の成分で構成されてる事実が何よりもホラーだ。

「ぁのね、くなねっ、おはなみちゅけたぉ〜！　ぉにぃちゃに、みせてあげゆねっ！　きょぅはもぉ、おそとらめっていわぇたから、あちた！」

幼い故、まだエルムが家を去る事を理解してないクナウティア。だから庭で見付けた花を、明日一緒に見に行こうとエルムに言うのだ。

「んー、クナごめんなぁ。実はお兄ちゃん、もうクナとは会えないかもしれないんだ」

◆

クナウティアは信じられなかった。

いつも優しいエルムが、何故そんな意地悪を言うのか理解できなかった。

なんで、どうしてと兄に問うても、返って来るのは下半身伯爵が下半身だからという、訳の分からない理由である。クナウティアも下半身伯爵が下半身な事を少しは理解してるが、それでもやっぱり理解できなかった。

本当の理由は勿論別にあり、王族が視察に来るから『樹法持ちで妾腹の子』なんて地雷を家に置いておきたくないという、政治的な理由が三割も含まれてる。残り七割はやっぱり下半身伯爵の下半身が原因なので、どちらが『本当の理由』たるのかは見る人によるだろう。

クナウティアは何度もお願いした。ずっと一緒にいたいと、明日一緒にお花を見たいと、いつもお願いを聞いてくれる大好きなエルムに何回も何回もお願いした。

しかしエルムは困った顔をするだけで、「分かった」とは言ってくれない。こんな事は初めてで、クナウティアは混乱した。

いつもなら、素敵な魔法で綺麗なお花を作ってくれて、すぐにでもお願いを聞いてくれる。それがクナウティアにとってのエルムである。

なんでも知ってて、なんでもできて、どんなお願いでも叶《かな》えてくれる。誰よりも優しくて何よりも頼りになる、大好きなお兄ちゃんなのだ。

そんなお兄ちゃんが、明日からいなくなる。理由は下半身伯爵が下半身だから。ついでに王族が来るから。クナウティアはとうとうぐずくまって泣き始めた。

わんわん泣いた。ぎゃんぎゃん泣いた。泣けば、もしかしたらエルムがいなくならないかもしれない。そんな事は一切無いが、それでもクナウティアは信じて泣き続けた。

その間ずっと、エルムはクナウティアを優しく撫《な》で続けた。その優しくて温かい手が、明日から失われる。その事実だけはハッキリと分かって、クナウティアは余計に泣いた。

そして泣き疲れ、グズッたまま寝てしまう。

クナウティアは、明日から下半身伯爵の下半身を責めるだろう。なんでお前は下半身なのかと。

下半身伯爵の下半身が下半身じゃなかった場合、そもそもエルムは産まれてないのでクナウティア的にはむしろグッドゲームなはずなのだが、それでもきっと責めるだろう。お前はなんで下半身なのかと。

実際には「おとぅしゃまなんて、だいっっっっっっっっっっっきやい！」くらいなものだろうが、クナウティアを溺愛してる下半身伯爵にとってはどっちにしろ致命傷である。

「すまないねぇ」

「いやいや。クナは可愛《かわい》いし、こんなに懐かれてるのは悪い気しないっすよ」

◆

寝てしまったクナウティアをアベリアに返し、エルムは今度こそ出発する。目的地は特に無いが、とりあえずは当面の寝床を確保したい。その程度の考えで屋敷を出て、領都を出る。

――――その前に。


エルムはエアライド伯爵領都の中で速攻裏路地に入り、なるべく治安の悪い場所を目指し始める。

エルムは何がしたいのか？　その答えはすぐにやって来た。

「おう坊主、一人でこんなところ歩いてると危ねぇぞぉ～」

「ヒヒヒヒっ、そうそう。俺達みたいなのに絡まれちまうからなぁ」

「アヒャヒャヒャッ！」

煌《きら》びやかな都にはほぼ必ず闇があり、格差があり、つまるところスラムがある。

先進国かつ治安レベルの高い日本でさえも、河川敷や公園などにホームレスが集まって小さなスラムを形成する程なのだから、未だに馬や獣などに流通と通信網を依存してる文明では、むしろ存在しない方がおかしいとさえ言える。

そんな場所に一人、エルムは何をしに来たのか？

「あのさ、逆ナンって分かる？」

「…………はぁ？」

唐突に、意味の分からない質問を投げ掛ける子供に戸惑うゴロツキ。勿論エルムはゴロツキ達を逆ナンしに来た訳じゃない。

そも、男が男をナンパする場合を逆ナンと称して良いのかさえ分からないが、エルムの意図は別にあった。

「ナンパってさ、普通は男が女に声をかけるのが定番で、だからこそ女から声をかけたら逆ナンになる訳じゃん？　でさぁ、もう一つ質問なんだけど…………」

本来とは逆転した関係だからこそ、わざわざ言葉の枕に『逆』と付く。ならば――――

「――――流石に、カツアゲは知ってるよな？」

狩る側と狩られる側。関係性が逆転したカツアゲは、なんと呼べば良いのだろうか？

「いやぁ、やっぱ人間ってすげぇよな。クズでも資金源くらいにはなるんだから《最後までチョコたっぷりだもん》。捨てるとこねぇな、アンコウかよ」

無事、ゴロツキと言うか下手したら人攫《さら》いだったかもしれない推定ゴロツキに対して逆カツ（逆カツアゲの略）を決めたエルム。

屋敷からパクった資金があるとは言え、金は大事だ。いくらあっても困らない。

この資金集めもあまり堂々とヤれば流石に捕まるが、相手は結局ゴロツキなので少しくらいは大丈夫だろうと野生の財布代わりにした。

エルムはバックパックのオーダーメイドを作るのに結構な金額を使ったので、正直なところ懐が寒かったのだ。

しかしそれも、最後までチョコたっぷりな人類のお陰で大分《だいぶ》春が近くなった。ぽかぽかの懐具合にエルムの頬も思わず緩む。

もう既に、ついさっき幼女をギャン泣きさせた事さえ忘れてケロッとしてる。

「さぁてさて、まずは王都に行きてぇよな。昔と色々変わってる事は本で知ったが、読むのと実際に見るんじゃ大分違うだろうし。やっぱ諺《ことわざ》って偉大だよな、百聞は一見にしかずってマジ過ぎる」

エルムがプリムラだった頃から数えて、実に三百年もの時間が過ぎてた。

楡の記憶が『え、この世界って三百年も使ってまだこの文明レベルなん？　こわっ』とドン引きしてるが、エルムはそんな現実的な考えをポイッと捨てる。

実際、三百年もあったら江戸時代から明治まで突き抜けて、下手したら昭和に届く程の時間である。だが魔法があって魔物がいて、魔王なんて存在まで存在した世界である。地球の歴史を当てはめても仕方ないのだと、エルムは早々に割り切った。

少なくとも、魔王に滅ぼされたら文明衰退の危機まであったのだ。その事を思えば、衰退させる事無く維持してるだけでも賞賛に値するかもしれない。

「本で読んだ限りだと三百年前と技術レベルはほとんど変わってないっぽいんだよな。衰退はしてなさそうで安心だけど」

エルムが今まさに経験してる、「異世界の中で強者が転生してやり直す」タイプの転生を異世界系作品のテンプレに当てはめると、転生後には何故か文明が良い感じに衰退してて、前世基準での『普通』を意識して振る舞うと何故か絶妙に『俺TUEEE』してしまってるパターンが王道である。

普通は百年単位もの時間を使って人類を大きく衰退させるなど現実味が薄い。

しかし、明確に人類の滅亡を狙ってる勢力が存在することで『あり得なくはない』展開に落とし込まれてる事が多い。特に、敵対勢力の寿命が人間よりも長ければ更に良い。長い時間をかける理由になり得るから。

たとえば、魔族や魔王なんて存在はうってつけだろう。

人類が衰退してるタイプの物語に於いて、その衰退の理由に説得力を持たせる存在、魔族。

彼らは人類が滅びる事を願っている為、人類に紛れ、ありとあらゆる手をゆっくりと打ち続けて人類の技術レベルを下げる工作をしてる。そんな作品が多く見受けられる。

たとえば、魔法の発動をほぼ全自動で行ってくれる便利なアイテムを開発して人類に与える事で、一見すると人類を助けてるように見えるが実際は『道具無しじゃ魔法を使えない種族に退化させる作戦』だったりする。

とても長い時間をかけた工作だが、魔族の寿命を考えれば十分に現実的な工作となる。

そうやって、技術レベル的には進歩してるように見えて、過去から来た強者目線で見ると人類全体が凄まじく退化してるという物語。今この世界に、少しそれらの物語と似たような空気をエルムは感じた。

「だけどまぁ、創作は創作。現実は現実だよな」

しかしエルムは、この世界でそんな事は起きないと知っている。誰よりも知っている。

何故なら、魔族は確実に全滅してるから。

樹法の勇者は優しくない。

エルムは思考を続け、記憶を探る。

この世界には魔物がいて、魔族がいて、魔王がいた。それらの発生した経緯について、揄もプリムラもエルムも知らない。

だが確実に言える事は、それらの始まりが魔王だったという事。

まず魔王がいて、配下として魔族を生み出した。そして配下にも手下が必要だと思い、更に下に魔物を作った。

全て魔王の血肉を元に作った存在であり、その影響を色濃く受ける者ほど、魔王の絶命に際して共に滅ぶ。そういう仕様だったのだ。

血肉を分けた、と表するのは分かりやすさを優先したもので、もっと直接的に言うなら魔王の魂を分割して生まれたのが魔族であり、魔族はある意味で魔王の分身である。

魔族は魔王の魂のみを使って生まれた純粋な魔王クローンとでも呼べる存在だったが、その代わりにスタンドアローンではなかった。

魔王を親機とするなら、魔族は子機。親機《ほんたい》である魔王が死ねば存在を保てないのが魔族の種族特性である。

その代わり、魔王の影響を常にフルで受けているからクソ程強く、エルムも最初は「ンだよこのクソゲー！」と台パン必至だった。現実なので叩《たた》く台などありはしないが。

しかし、どれだけ強くとも子機は子機。親機が死ねば諸共死ぬ運命にあったので、魔王が死んだこの世界には魔族もいない。

「まぁ魔物はいるんだけど」

その代わり、魔物は依然として存在してる。

魔王の魂を分けた存在ならば、条件としては魔族と同じ。

なのに何故、魔物は消えなかったのか？　その答えは簡単で、直属の配下を少し作る程度なら
「ちょっと千切るくらいだし」と自分の魂を使えた魔王も、流石に配下の配下にまで魂を使ってたら自分が枯れて死ぬと考えた。

そこで魔王は考えた。混ぜ物をすれば良いのだと。

魔族は魔王エキス１００％だが、魔物までエキス１００％で作ったらキリがない。だから不純物を混ぜて嵩増《かさま》しする方法を思い付いたのだ。

そもそもが魔族よりも弱く、更に嵩増しまで可能とあれば、魔王もほんのちょっとだけ、砂粒程度の消費で魔物を作れるようになった。

「だから魔王亡き今、魔族は確実に滅んでるし、魔物も大きく弱体化した」

魔王が死ねば、分割した魂ごと消える。だが魔物は不純物の方が多いので、魔王の魂が抜けようとも存在ごと消えるなんて事は無い。勿論、魔王の魂が抜けた分はキッチリ弱体化しているが。

「んー、だけど魔族の暗躍って線が無いなら、なんで文明が三百年も止まってんだろうな？　何が

あった？　ダンジョンなんて便利なものまで生まれたのに、人類は三百年も何をしてたんだ？」

文明の停滞はそういうものと割り切ってはいるが、しかし考察しないなんて事も無かった。答えが出なくとも、推測を用意しておけば役に立つ日が来るかもしれない。

「まぁ、程々にしておくか。それより買い物を済ませちまおう」

エムルは領都を出る準備をする為、チンピラから巻き上げた金銭を使って欲しい物をバンバン購入しながら考える。

プリムラとして生きた時代には存在しなかったもの、ダンジョン。

エルムが歴史書や文献を軽く読んだ知識では、魔王はどうやら人類に対してサプライズを用意してたらしく、エルムがトドメを刺したあの瞬間、エルムに対する嫌がらせで使った呪いとは別に、もっと大規模な呪いをもう一つだけ発動した。

それこそがダンジョン。魔王復活の為の儀式装置であり、世界そのものに対する特大呪術。

（あの野郎、やけに潔く死んだと思ってたが、復活の目を残していやがったのか。これじゃ呪い殺された俺の丸損じゃねぇかクソッタレ）

買い物してると、店内に人が増えて来たので独り言を止めるエルム。流石に人が多い場所でブツブツと喋り続けたりはしないのだった。

（いや、待てよ。もしかして俺の転生って、魔王のダンジョン術式に巻き込まれたからなのか？）

魔王が仕込んでた復活への道。

これで何をどうすると魔王の復活に繋《つな》がるのかと言えば、単純にダンジョン内で人間が死ぬと、その魂的なエネルギーがダンジョンに蓄えられる仕組みになってるらしい。そして、それが一定のラインに届けば魔王が復活する。

しっかりと文献に残ってたくらいだから、恐らくは六勇者の誰かが調べたんだろうとエルムは判断した。

（多分、パーティで唯一の三系統持ちだったアイツ、回帰の勇者アトゥンだろうけど。研究と言えばアイツだし。まぁ、三百年前の事だしな。今更アイツらの事気にしても仕方ないか。ブイズはぜってぇ許さねぇけど）

しかし、そんな事実が判明してるなら、ダンジョンなんて誰も潜らない。

――なんて事は一切無く、現在もダンジョンはバンバン人が入る一大産業と化している。

魔王復活の可能性がある、それだけで世界中のダンジョン全てを封鎖して然《しか》るべきだ。

だが、愚かな人類はそんな事をしない。できない。何故なら、ダンジョンが宝の山だったから。

普通なら金山を掘り当てないと手に入らない資源である黄金。

比較的簡単に手に入るが、最も流通する通貨なので数が必要になる銅。

もはや人類の発展には欠かせない資源である鉄。

それらは全て、ダンジョンで高純度な塊として産出する。

地球には存在しないファンタジー極まる金属類も、普通に栽培したのでは決して比肩できない美味なる食材も、その他あらゆる資源がダンジョンでは枯れることなく手に入る。

そんな夢が詰まった宝の山。愚かな人類が多少のリスクに怯《おび》えて諦めるはずが無いのだ。

（魔物を倒せば体のスペックも上がる。当然、魔力も）

人間が魔物を倒すと、原理は不明だが身体能力が上昇する現象が存在する。ゲームで言えばレベルアップしてステータスが上がるようなもの。

（そうなれば魔法技術の研究も進みやすいだろう。何より、高品質かつ高純度な資源が無限に手に入る。人類の強化と資源の確保が無限にできる。そんな環境があって、三百年も文明が停滞するか？　あり得ないだろ。内燃機関程度は開発できてなきゃ絶対おかしい）

だが実際は、何も進んでない。その現実だけが目の前に横たわっている。

（おっかしいよなぁ………）

考察しながらの買い物を粗方《あらかた》終えて、さぁ出発しようと都の外へ向かおうとしたエルム。

「おい」

「……ん？」

しかし、その行く手を遮る者達がいた。

「長男？　何してんの？」

「へへっ、おいエルム。ちょっとツラ貸せよ」

金髪をファサッと掻き上げて宣《のたま》うのは、エアライド家の嫡子、ガルドだった。未だに顔は青タンで美しく彩られている。

「あらあら、今度はお友達連れてどうしたの。ピクニック？　お猿さんは楽しそうで良いな。見晴らしの良い猿山でも見付けたのかい？　お山の大将さんよ」

「はんっ、そうやってイキがっていられんのも今のうちだぜ」

ガルドは背後にゾロゾロと手下を引き連れて現れた。手下は基本的にゴロツキばかりで、エルムがお財布代わりにした者達と相違無い見た目をしていた。人数はサッと数えて十五人程か。

「んで、どこ行くって？　俺も忙しいから、ヤるなら外にして欲しいんだけど。まぁお友達を連れて来ないとイキれない残念な長男ちゃんは、もしかしたら街の外なんて怖くて出れないかもしれないけどさ。その場合は可哀想《かわいそう》だから仕方ない、スラムでも良いよ。やっぱ手加減と慈悲は、強い方がしてあげるべきだよね」

そうサラサラと煽るエルムに、ガルドは青筋を量産しながら「ついて来いや」と口にして歩き出す。

向かう先はどうやら街の外らしく、その背中について行く義理も義務も存在しないエルムは、追従せず見送ったらガルドがどんな顔をするのか見てみたかった。

だが、義理も義務も無いが理由と打算は存在したので、仕方なくガルドの後を追った。

◆

エルムに誘導されたガルド達は、まんまと街の門から外に出て、街道を歩いてゾロゾロと二キロ程離れた。

その後、街道のただ中で事を始めようとするガルド達に、「は？　もしかして街道で始める気か？　頭悪ぃのは知ってたけど、まさかここまでとはな。俺をボコってる時に有力者でも通りかかって目撃されたらどうすんの？　その尻拭《しりぬぐ》いするの、お前の下半身伯爵《おとうさま》だろ？」と言われ、煽られ、更に街道から外れて茂みに入った。

下草が生い茂る草原など、自らを高貴な存在だと確信しているガルドは歩きたくなかった。だが、それでも有力者に見られて困るのは事実であった。

だから煽られても草むらを歩いて、今度こそ誰にも見られない場所で、なんなら殺してしまってもバレない場所で、エルムを集団で私刑《リンチ》に処するはずだった。

——うん、この辺なら良いかな。出て来い、【人殺しの蓮《キラーロータス》】。

そのセリフが、聞こえるまでは。

エルムは麻袋から取り出した一粒の種を触媒に、樹法を練り上げる。

本人は「久々だからおっせぇな」と魔法構築速度に不満があったが、それでも一秒以下で魔法は完成した。

魔法が詰め込まれた種を目の前にポテッと投げると、草むらに紛れて見えなくなる。しかし、発動した魔法がすぐさま種を発芽させ、あっという間に成長させた。

「ぎゃはははは！　見ろよコイツ、この期に及んでお花を育て始めたぞ！」

「がははっ！　お花が綺麗でちゅねぇ！」

エルムが逃げられないように囲っているゴロツキ達は、エルムの魔法によって咲いた美しい蓮の花を見て笑う。

しかし、笑っていられたのはほんの十秒程だった。

極まった樹法によって成長を後押しされた人を殺《キラー》すための蓮《ロータス》は、あっという間に成長する。長く、太く、巨大に、取り返しが付かない程に。

「ぎゃははははははははっ！」

「――――はは、…………はぁ？」

人が蓮《はす》と言われて想像する花は、大抵が蓮ではなく睡蓮《すいれん》である。

水面へ浮くように咲く、儚《はかな》い美しさを魅せる花が睡蓮であり、対して蓮は水面から茎を伸ばして空中で咲く。

しかし水が無い場所で咲いたキラーロータスは、蓮でも睡蓮でもない。もっとずっと恐ろしい何か。

「ま、魔物ッ…………」

ゴロツキの誰かが呟いた。その一言でキラーロータスのほぼ全てが説明できていた。

地上から空に向かって伸びる茎はツタのようにしなやかで、いっそ触手のようで、そして数が異様に多かった。

まるで触手の巣。その束ねられた緑の触手に乗っかる形で、巨大な蓮が咲いている。

色は儚い紫で、大きさは地球で最大サイズで咲くラフレシアの如く。

「ふふっ。いやぁ、まさか財布の方から来てくれるとは助かるぜ。分かってるよ、旅に出る俺への餞別《せんべつ》だろ？」

キラーロータスは生まれた瞬間から既に、創造主の願いを聞いて動き出している。

エルムを逃がさない為の人垣《リング》は、更にその外周を地面から突き出た大量の触手によって囲われて誰も逃げられない。

驚き、怯え、混乱する相手を見たエルムはニヤニヤと意地の悪い笑みを零し、その無様を嗤《わら》う。

「なんでこんな場所に、この俺がホイホイと、抵抗も無くついて来たと思う？」

あっという間にリングは金網デスマッチにレベルアップしてしまったのだ。

「ここなら、死体の処理が楽だからだぞ」


そして蹂躙《じゅうりん》が始まった。


キラーロータスの触手が地面から飛び出し、ゴロツキもガルドも分け隔てなく平等に縛り上げる。

その力は非力な子供など到底抗《あらが》えないものであり、太いワイヤーが肉を切断する限界まで締め上げるような苦痛を伴っていた。

ここで悲鳴の一つでも上げられたなら、まだ誰かが助けてくれる可能性があった。

しかしエルムがそんなヘマをするはずもなく、縛られた全員は触手によって口を塞《ふさ》がれている。

ギリギリと音を立て、締め上げるツタの力で変形していく肉体。誰もが激痛に顔を歪め、涙も涎《よだれ》も鼻水も垂れ流しながら呻《うめ》く。だがそれが悲鳴に昇華する事は無く、余人の耳には届かない。

その呻き声を聞き届けるのは、死神《エルム》ただ一人。

「吸え、キラーロータス」

もはや中身に固形物《ほね》が残っているのかも定かじゃない程グシャグシャにされ、しかしまだ命は残っているゴロツキ達。むしろ死ねたら良かったのだろう。ゴロツキ達を更なる地獄が襲う。

キラーロータスは殺人用の魔法である。人造の魔物を生み出す魔法と言っても良い。その効果は、金網デスマッチの生成や触手による拘束なんてチャチなものじゃなく、本質は『吸血』だった。

吸われて行く。触手に触れている場所から、体液がゆっくりと抜かれて行く感覚がゴロツキ達を襲う。

確実に、一歩ずつ、自覚できる死が迫って来る恐怖。しかし痛みと拘束によって正気を失う事さえ許されない。まさに地獄であった。

「なぁ、ギャグで済むと思った?」

ガルドの猿轡《さるぐつわ》だけを解除し、声をかけるエルム。勿論、ガルドが叫ぼうとした瞬間にはまた口を塞がれるだろう。

「…………な、なんでっ」

ガルドは震える声で呟いた。

「ん？　それは何に対しての『なんで』なんだ？」

全員が、瀕死だった。

正確に言えば、エルム以外の全員が瀕死だった。

文字通りの意味である。なんの比喩でもなく、命が終わり掛けているという意味での瀕死だ。

「大丈夫、安心しろよ。絶対に死ぬけど、殺しはしないから」

（天使の鐘は対策しとかなきゃだしなぁ）

この世界は、エルムがプリムラだった頃に無かった物がたくさんあり、そのうちの一つに『天使の鐘』と呼ばれるアイテムがある。

ダンジョンから極々稀《ごくごく》に持ち帰られるドロップアイテムなのだが、その鐘の前で嘘《うそ》を口にすると綺麗な音が鳴り響くという効果がある。今は主に裁判で使われ、詐欺や汚職が恐ろしい程に減った本物の奇跡。

だからエルムは対策をする。もしこの場で普通に殺しを行った場合、下半身伯爵に訴えられて「息子を殺したか？」と裁判で聞かれると詰むからだ。

「なぁ、もう一度聞くけどギャグで済むと思ったのか？」

体液を吸われて顔色が青くなって行くゴロツキとガルドを、キッチリ瀕死で留めて問い掛けるエルム。

「親を殺されて、幼少からイジメられ、旅立ちの日に集団リンチ。…………三度《みたび》聞くけど、本当にギャグで済むと思ったのか？」

誰もが後悔してる。エルムは手を出すべき相手じゃなかったのだと。その殺意は本物であり、子供同士の揉《も》め事なんて可愛らしい結末は用意してくれない相手なのだと、やっと理解する事ができた。

しかし理解が遅い。あまりにも遅かった。エルムは絶対に逃がす気が無いし、これは消極的な復《ふく》讐《しゅう》ではなく積極的な殺人なのだから。

「なぁなぁ、助かりたい？　生きたい？　死にたくない？」

当たり前の事を聞き、そして全員が泣きじゃくりながら必死に肯首《こうしゅ》する。今この時を逃せば、後は本当に死ぬだけだと命懸けで首を振る。死ぬ寸前まで血を抜かれて、ちょっとした動作をするだけで意識が飛びそうになるが、それでも全員が首を縦に振り続けた。

「そっかぁ。じゃぁ仕方ないな。『俺達の冒険はこれからだ！』って、一番元気良く言えた奴は見逃してやっても良いぞ。同着も認める」

茶番。そして組み立てられた策に、全員が乗るしかなかった。

もはや悲鳴すら上げる体力も無く、口の拘束が外れされた順にゴロツキは口を開く。俺達の冒険はこれからだ、俺達の冒険はこれからだ、俺達の冒険はこれからだ、何回も何回も、競うようにありったけの声で口にする。

そして、誰も助からなかった。

◆

(だから言ったのにだから言ったのにだから言ったのに……！)

ノルドは恐怖していた。そして安堵《あんど》もしていた。

「まだ見付からないのか⁉」

声を荒らげる父を尻目に、もう絶対にソレは見付からないと知っているノルドは、内心を押し殺して準備を進める。

二日前から、エアライド家嫡子のガルドレイ・エアライドが行方不明となった。

集団を引き連れて街の外に出たところまでは調べが付いてるが、その先の事は一切分からない状況が続き、もう二日。

恐らくは唯一、結末を予想できるだけの材料を持ってるエアライド家次男、ノルドラン・エアライドは兄の死を疑ってない。

(だから言ったのに！　あの化け物に手を出すと死ぬって！)

ノルドは知っていた。エルムが化け物だという事を。

ルングダム王国では貴族の教育を各々《おのおの》の家に任せる形で運営されている。ライトノベルのように貴族だけが通う普通教育の学校などは無い。

魔法を学ぶ為の国立教育機関は存在するが、所謂《いわゆる》普通科と呼ばれるような教育機関は平民が使う私塾くらいである。

そして魔法学校に通う貴族は、家を継げない次男以下であり、嫡子は家で教師を雇って学ぶのが普通だ。

騎士や軍閥の家ならば嫡子でも通う場合もあるが、少なくともエアライド家はその例に漏れる。ガルドは父の視察について回る以外は、基本的に領都から出る事が無かった。

対してノルドは次男であり、ガルドに何も無ければ順当に家を出る立場にいる。だから騎士を目指し、魔法を学ぶ為に魔法学校に通っている。領都の屋敷にいるのは単純に長期休暇の里帰りなだけで、もうすぐ休暇も終わるので今は出立の準備をしているのだ。

（バカな兄さんだよ。なんで誰もアレが化け物だって気付かないんだ？　父さんだって専門じゃないとは言え、魔法使いを見る事くらいはあっただろうに）

ノルドは知っている。クナウティアに魔法を見せていたエルムを目撃する事があり、その魔法の完成度に絶望する程の実力を見てしまったのだ。

他の者は全員が何故か「小手先の魔法が得意なクソガキ」と認識しているが、種を魔法で発芽させ、一秒以内に綺麗な花を咲かせる樹法使いなんて、魔力量さえ伴えば対軍でも勝てる可能性がある程の実力である。

（あんな速度で植物の成長を操れる？　だったら足元から木の根でも伸びて来たら串刺しじゃないか！　あれだけの腕があって魔力を磨いてない訳も無い。あれは絶対に化け物だ。絶対に怒らせ

ちゃいけない死神だ）
ノルドは過去、エルムをイジメてた事実をこの世で最も後悔してる人物である。
エルムのイタズラで魔法学校でできた恋人と破局させられたが、それでも殺されるよりずっとマシだ。一応、形だけでも文句は言ったが、その時の事すらやはり後悔してる。
（忘れられる訳が無い。僕が文句を言った時の、あの顔…………！）

――へぇ、次男ちゃんってば恋人と別れちゃったんだ？


まるで、人の不幸こそが至上の蜜であるとでも言うような、最高に幸せそうな顔で笑ってたエルム。

あの笑顔を見て、ノルドは心臓が止まるかと思う程に後悔した。あれは間違いなく化け物であり、その精神性も完全に化け物だ。何故かクナウティアには意味不明な程優しいが、クナウティアは化け物でも笑顔にしてしまう程可愛いだけなのだと思って気にしない事にしてる。

（アイツは何故か実力を隠してる。もしそれを吹聴するような事をしたら、僕だってどうなるか…………）

ノルドは二日前、兄ガルドから誘われていた。今からエルムをボコりに行くから一緒にどうか、と。

（くっそぅ……！　アイツに恨まれてるだろう家なんて継ぎたくないぞ!?　兄さんは確実に死んで

るだろうから、どうにか三男《アルク》に嫡子の座を渡さないと……！）

ノルドは必死だった。死にたくなかった。人の不幸であんなに幸せそうに笑う死神を冷遇した伯爵家なんて、絶対に継ぎたくなかった。

（なんで過去の僕はアイツに優しくしなかったんだ!? クナウティアは例外だとしても、エルムは冷遇に関わってない弟達にもそこそこ優しかった。化け物でも一欠片《かけら》くらいは情があるんだ。もし僕も優しい兄の立場にいれたら……！）

必死だった。ガルドの死が確定して嫡子の座が回って来る前に、魔法学校へと旅立たねば手遅れになる。

どうにかして騎士としての立場を確立しないと、知らぬ間に嫡子にされる可能性すらある。そんな事は絶対にゴメンである。ノルドは必死に準備を進める。

（と言うか、やっぱりエルムは戦闘も得意なんだな。兄さんは集団でやるって言ってたし、実際に十人以上の集団で外に出たって報告はある。つまりエルムは、それだけの人数を一度に相手しても返り討ちにできるって事だ。十二歳のやる事じゃない……！　アレが大人になったらどうなるんだよ！　そんなの敵に回してる家なんて絶対に継がないぞ！）

ノルドは頭が良かった。頭が良かったからこそ、知らなければ幸せに暮らせたかもしれない情報を知ってしまった。考えてしまった。悩んでしまった。

（も、もしもの時はクナウティアに助けて貰《もら》うか……？　エルムは本当にクナウティアにだけは死ぬ程優しかった。あの子に取り成して貰えれば、過去の事も謝って水に流して貰え……！）

実際、もしそうなったらエルムは許したかもしれない。しかし、ノルドはそこでエルムの笑顔を思い出してしまった。

（無理無理無理無理！　謝った程度で許して貰える⁉　ある訳無いだろそんな事！　エルムは僕達のせいで母親まで死んでるんだぞ⁉　それを頭下げただけで許される⁉　妄想も大概にしろよ僕！　僕が逆の立場だったらむしろ怒りが増すわ！　一等《いっとう》酷い殺し方を考えるわ！）

それもまた事実である。もしクナウティアを挟まずに謝ったなら、ノルドの予想はかなり正確に現実のものとなってただろう。

（でも、クナウティアを味方に付けとくのは有りだと思う。謝る前に、クナウティア経由で償いをして怒りを鎮めるしかない。どうせ父はクナウティアに甘いから、あの子が望めばエルム宛《あて》の手紙くらいは届けるだろうし、その時に何か……）

家から化け物がいなくなった。その事に安堵していたノルドは、ガルドの行動によって窮地に立たされている。とにかく焦っているし、人生で一番頭を回してる自信がある。

（あれだけの使い手だ、魔法の触媒とかなら喜ぶか？　でも樹法なんて嫌われてる属性の触媒なんて手に入るか？　と言うかあれだけの使い手が自分で用意してない訳が無いか。どうする？　もういっそ搦手《からめて》で行くか？　あれだけクナウティアを可愛がってるんだから、クナウティアが喜びそうな情報を送って、エルムがクナウティアを喜ばせる手伝いをするくらいの距離感が一番良いか？

……………あれ、思ったより良い案では？）

白々《しらじら》しくなりそうな謝罪より、自分もクナウティアが可愛いんだと言い訳できる良案に思えた。

ノルドはそれを軸に更に頭を回転させる。

（僕は幸い、王都の魔法学校に通ってる。物が集まる王都ならクナウティアが喜びそうな物も見付かるだろう。その情報をどうにかエルムに渡して、クナウティアが一番懐いてるエルムから渡すのが一番喜ぶとかなんとか言って…………）

必死に、必死に考えている。

しかしノルドは知らない。それら全ては水泡に帰す事を。

何故なら今、エルムは王都に向かっている。ノルドにとっては最高に不幸な事に、魔法学校への入学を決意してるのだから。

ルングダム王国立魔法学校。その入学資格はちょうど、十二歳からなのである。

王都に行こう。

「ほーら、キリキリ働けぃ。文字通り、馬車馬の如くなぁ」

エルムが振るった鞭《むち》は、馬車を引く男の尻を痛烈に叩いた。

叩かれた男は激痛に呻くも、悲鳴を上げると更なる鞭が飛んで来ると知っているので必死に声を押し殺している。

「いやぁ、エルム君がいてくれて助かったよ。ありがとうねぇ」

「いやいや、大した事はしてないよ。雑魚《ざこ》を捻《ひね》ってこき使ってるだけだし」

現在、エルムは幌馬車《ほろばしゃ》の馭者台《ぎょしゃだい》で鞭を振るっていた。

何故こんな事になっているかと言えば、襲って来た財布《ガルド》をやり込めた後まで遡《さかのぼ》る。

徒歩で街道を歩いて王都を目指し始めたエルムは、魔法を使うか否かを悩んでいた。

前世程じゃないとして、それでも記憶を取り戻しつつあった幼少から磨いた魔力量はそこそこ。

移動用に魔法を使い続けてもそう困らないだろうとは考えていたのだが、それでもエルムは悩んでいた。

この時代では樹法は邪悪な系統とされている。何故なら剣の勇者が余計な事をしたと、歴史書に書いてある。

そんな魔法を大々的に使って移動すれば目立つし、トラブルも山程起こるだろう事は誰でも予想できる。

勿論、エルムの実力なら大抵の事はねじ伏せる事が可能だ。だが、エルムは別に無差別に暴れたい訳じゃない。前世が散々だったから好き勝手に生きたいとは思うものの、どちらかと言えば平穏なスローライフを望んでる。ただちょっと性格が攻撃的なだけなのだ。

そんな時に通りかかったのは、一台の馬車だ。

徒歩で街道を行く幼いエルムを心配した馬車の主は、エルムを馬車に乗せて王都まで送ると言う。

魔法を使うか悩んでたエルムは、使わずに移動できるなら渡りに船だったので甘える事にした。

勿論初対面の人物に頼る危険性は重々承知の上。エルムならどうにでもなる。

その後、一週間程共に旅をしていたのだが、途中で盗賊に襲われたエルム達。

当然ながら返り討ちにしたが、その時に馬車を引いていた馬が殺されてしまった。

馬はとても高価な財産なので、盗賊としてもミスったのだろう。しかし行商からすると馬は大事な財産であると共に、一緒に仕事をする家族だ。

死んでしまった馬の前で咽《むせ》び泣く商人を見たエルムは、切れた。その馬はエルムにもよく懐き、エルムも少なくない愛着が湧いていたから。

その結果、盗賊は馬の代わりにされている。全部で十人程いたが、四人に馬車を引かせて残りは馬の亡骸《なきがら》を担いで運ぶ仕事を任せてる。

当然ながら逃げたら殺す。逆らったら殺す。気に入らなければ殺すし、気まぐれに殺す事もある。

圧倒的な実力でねじ伏せられた盗賊達は、そう伝えられても逆らう選択肢なんて秒で地面に叩き付けられ踏み壊された。

「それにしても、エルム君も大変だね。系統が樹法で家を追い出されるなんて……」

馬が死んで自分の方が大変だろうに、商人はエルムの境遇を心配した。

「まぁ、クソみたいな家だったからどっちにしろ出たけどね。ただ大手を振って魔法が使えないのは面倒なんだよなぁ」

商人はエルムが樹法の使い手だと知っても、なんの隔意も抱かなかった。驚く程純朴な性格をしている商人に、エルムも数日で心を許していた。

エルムは基本的に容赦《ようしゃ》無い性格をしているが、それでも元は勇者である。世界の為に戦う選択を取れる程度には情がある。あくまでもエアライド家がクソ過ぎただけで、普通に付き合う分には問題無い性格なのだ。

「おら足が止まってんぞ殺されてぇのかぁっ！」

そう、普通に付き合う分には問題が無い。普通じゃない付き合いの場合はかなり攻撃性の高い性格になるのだが、それも相手が盗賊であるなら問題にならない。

馬車の後ろで馬を担がせてる盗賊の、更に後ろ。エルムが樹法で種から生み出した人造モンスターが睨みを利かせて追い掛けて来る。

そのモンスターは『クマの形をした歩く樹《き》』であり、遠目で見れば完全にクマなのだが、近くで見ると表面が樹皮なので植物だと分かる。

体高二メートルを超える猛獣が背後からノッシノッシと追い掛けて来る恐怖は、とても足を止めるような選択を許してくれない。

「うーん、そうだね。今日はこの辺りにしようか」

「うい。じゃぁ野営の準備するんで、バカどもの見張りヨロ～」

馬を担がせてる関係で、一行が進む速度はかなり遅い。予定したルート通りに進んではいるが、予定されたスケジュールはとうの昔に破綻《はたん》してる。盗賊に襲われて馬が死んだのだから当たり前だ。

本当なら街や村を経由して進む予定だが、ぶっ壊れた予定で進めた距離ではとても日の入りまでに街まで行けない。

「あー、家作って檻《おり》も用意して……」

しかしながら、ここいるのは樹法のスペシャリスト。樹木を操作してあらゆる無茶を可能にする魔法は、触媒の種を数個消費するだけで立派なツリーハウスと強固な檻を完成させる。

樹法は魔力によって植物を操り、成長すらも意のままにする魔法である。しかし無理矢理成長させた分の維持にも魔力を使い、供給が切れると成長させた分は枯れ果て消える。

たとえば種から急速に成長させて樹木を作ったとして、魔力を切れば九割九分九厘が朽ちて風化し、元の種分しか実体が残らない。元の質量は小さな種でしかないので、それ以外はサラサラと砂のようになって、最後は魔力へと戻って風に消えゆくのだ。

魔力無しで創造物を維持したい場合は、同じ量の材料を用意して変形させるだけに留めたり、木に大量の栄養を与えて実際と遜色《そんしょく》の無い成長をさせる必要がある。ほぼ万能である樹法の、数少ない欠点の一つだ。

今エルムが作り上げたツリーハウスも、檻も、エルムが魔力の供給を切った瞬間から数十秒のうちに枯れ果てて消える運命にある。

それでもエルムの実力であれば、眠ってる間も魔力を供給するなんて朝飯前。

洗練された魔法の構築は消費する魔力量も極限まで削られてる。たとえ子供の魔力量であっても、一晩維持するくらいは今のエルムでも十分に可能なのだ。

そもそも、エルムの魔力量はそこらの大人よりよっぽど多いのだが。

「よっし、おら喜べよ賊ども。屋根付きの寝床だぞ。あまりの好待遇で涙が出そうだろ？」

確かに屋根はあるが、壁は無い。あるのは格子状の硬い木だけで、風は防いでくれない。当然ながら毛布なんて上等な物は無く、あったとしても盗賊なんかに使わせる義理は無い。エルムならセルロースから簡単に作れるのだが勿論作らない。

しかしエルムが喜べと言ってるなら、盗賊達は喜ぶしかない。引き攣《つ》った笑顔を顔に貼り付け、エルムの不興を買わないように苦心する。

実際、野晒《のざらし》よりはマシなのも事実。急に雨が降ったりする可能性も考えれば、盗賊の扱いにしては実のところ本当に好待遇だったりする。

普通ならば盗賊なんてその場で殺処分が当たり前だし、連行する際も縄で繋いで野晒が基本。雨の心配が少ないだけ本当にマシな待遇なのだ。

「言うまでもないが、お前らは頭が悪そうだから一応教えといてやる。今日まで使って来なかっただろう頭をしっかり使って覚えろよ？」

エルムは冷めた目で盗賊達を見据え、淡々《たんたん》と伝える。

「逃げたら殺す。騒いだら殺す。逆らったら殺す。寝坊しても殺す。明日《あす》、寝不足で動きが鈍い奴もその場で殺す。死ぬ気で休め。最大限の慈悲で、飯は好きに食って良い。最後の晩餐《ばんさん》ってやつだな」

盗賊達が檻の中に入ってみると、中にはなんと二種類の果物があった。檻の天井に果物が直接生《な》っているのだ。

「こ、これを、好きに食べて良いんで……？」

「なんだオッサン、お前は食わなくても動けるのか？　なんだすげぇじゃんお前。そのクソ面白い冗談に免じて、今すぐ殺してやろうか？　あ？」

面白いと口にしながらも、真顔のままハルニレで自分の肩をトントンするエルム。本当に殺されそうだと感じた盗賊の一人は、慌てて首を振る。

「明日、俺とオッサンの手を煩わせた順に殺して行くからな。せいぜいちゃんと飯食って動けるようにしとけよ。コケて馬を投げ出したりしたら、マジで皆殺しにしてやるからな」

最後にそう言い残し、エルムは檻の前から立ち去った。

樹法で生み出した植物は、魔力の供給を切ると消える。ならばこの果物は食べても意味が無いのだろうか？　実はそんな事も無く、しっかりと裏技が存在する。

要は魔力の供給さえあれば存在の維持は可能なのだから、供給先を切り替えれば良いのである。

樹法のスペシャリストであるエルムの手に掛かれば、『消化されるまで食べた本人の魔力で維持される果物』を構築する事もできる。

栄養として吸収されてしまえば、それはもう本人の血肉である。この世界の住人は基本的に生命活動に魔力が必要で、そこに魔力でできた栄養素が使われようと大した問題にはならないのだ。仮に問題が発生しても、その頃にはとっくに代謝されてるか体に馴染《なじ》んでしまってる。

檻の中に生ってるのはリンゴとバナナ。この二つさえ与えとけば栄養は十分だろうとエルムは判断したが、間違いなく超好待遇である。

藤原楡だった時の記憶を基準にした果物であり、この世界には存在しない物であり、あったとしてもあくまで類似品でしかない。

品種改良の果てに生まれた高品質な味わいは、地球なら庶民でも味わえる物である。だがこの世界では、王族ですら大金を積み上げてやっと食べる事が叶う超高級品。

それを、好きに食べて良いと言われた。盗賊達が実際に果物をもいでみると、もいで無くなったはずの場所に果物がすぐさま育ち始め、十秒もすれば立派な果物が復活するのだ。

エルムと商人がツリーハウスに消えた後。檻の中で盗賊達は、貪《むさぼ》るように果物を食べた。

「うめぇ、うめぇよ……」

「あめぇ……、こんなん初めて食ったぁ」

盗賊達は、本当に喜んでいたし、本当に咽び泣いていた。

食べた事は勿論、見た事すら無い甘露の如き果物が、食べ放題。

果物を生成する為の術式は、檻が地面に根を張って土からある程度の栄養を回収して使う構築なので、エルムの消費は極微量《びりょう》となってる。

なのので、本当の本当に食べ放題なのだ。王族すら手に入れられない果物が、この夜の間にいくらでも。

特にリンゴは信じられない程にジューシーで、目が覚めるような甘さと酸味で舌を撫でて胃の腑《ふ》に落ちて行く。

バナナも言わずと知れた栄養素の塊であり、炭水化物を含んだ食べ物だ。牛乳と共に取れば完全食にすらなると言われた便利食材は伊達《だて》じゃない。

盗賊達は食べた。腹がはち切れるかと思う程食べた。

豊富な滋養はすぐさま体に供給され、貧相な食事しかして来なかった盗賊達の体は、漲《みなぎ》るような力を感じていた。

「こんな、こんな……」

「これが、樹法……？　こんな神様みたいな魔法のどこが、邪悪な力だってんだ……？」

「これが邪法なら、殺すしか能が無い刃法はなんなんだよ……」

「うめぇよっ、この黄色いやつすげぇ、力が湧いてくる……！」

「赤い方も、なんだよコレ。なんでこんなに甘《あめ》ぇんだよっ」

なんで甘いのかと言えば、日本のリンゴ農家さんが凄《すご》く頑張ったからである。その記憶が楡を経由して、プリムラ、エルムと引き継がれている。樹法によって再現された果物の陰には、連綿と続いた農家達の努力がある。そう、盗賊達の元同業者とも言える人々の努力が。

そして植物に関しては文字通り万能の神が如き無茶を平然と可能にする勇者プリムラの努力の結晶でもある。

魔法は難しい技術だ。目に見えないエネルギーを利用して世界の法則に逆らうような作用を現実にもたらす絶技であり、当然ながら誰でも使える訳じゃない。

正確には誰でも使えるのだが、極めるには相応の時間と努力が必要になる。たとえるなら、五体満足で健康なら誰でも走れる。しかしオリンピックでメダルを獲得できる程に速く走れと言われたなら、達成できる人間は極々一部だろう。

誰でもメジャーリーガーになれるか？　誰でもチャンピオンベルトが取れるか？

誰にでもできる事は、誰でも極められる事とイコールにはならない。

環境が必要で、金銭が必要で、時間が必要で、何よりモチベーションとセンスが必要になる。

どれだけ高い壁でも登り続けるモチベーションがあるなら、本当に誰でも勇者並みの魔法が使えるようになるだろう。しかし現実はそんな事無く、あまりにもファジーで感覚依存な癖に体系化が必要な技術を前に、一般人は折れてしまうのだ。

イメージするなら、形を決定できない液体で電子回路を組むようなものだろうか。制御が甘いと接触してはダメな回路が接触して、挙句《あげく》の果てに液体同士が混ざって台無しになる。なんなら時間をかけ過ぎると蒸発して消えてしまう事さえある。

それも、目に見える水や油ならまだマシだ。しかし魔力は目に見えない。目に見えない不定形の液体だか気体だか分からないもので、複雑怪奇な術式を構築して初めて奇跡が起きる。そういう技術なのだ。

当然、世界でも最高峰の専門職であり高給取り。真に『魔法使い』と呼べる練度に達した者は、余程おかしな人生を送らなければ職に困らない。


――樹法以外は。


魔王を討伐して世界を救ったとされる勇者達の筆頭、剣の勇者が発言したとされる「樹法は邪悪な系統である」宣言は、とても大きな影響力があった。

「…………俺も、頑張ればこんな事ができたのかな」

「お前も確か、樹法持ちだったたか」

「あぁ。だから白い目で見られてさ。お陰で、今はこんな有様だが……」

「もし、ちゃんとしてたら、こんな事ができたんだな」

盗賊達は人生を後悔し始めた。中には母を呼びながら泣く者も。

「おい、気持ちは分かるが泣くの止めろよ。騒いだら殺されるって言われてるだろ」

「でもよぉ……！」

樹法はレア属性ではあるが、そこまで珍しいものではない。特にレアな属性である刃法や霊法に比べたら、ありふれた属性の一つである。

そんな系統の先、極めていればどうなったのか。それをまざまざと見せられた盗賊達は、端的に言うと折れた。真の意味で心が折れた。いや、自分から折ったと表現した方が正確かもしれない。

まず恐怖で叩き折られたが、甘露の如き果物が食べ放題になる魔法で、本当にポッキリと折れてしまった。もしこの力があれば、自分は盗賊になんてならなかったと。故郷で家族にこんな物を好きなだけ食べさせられたかもしれないと、そう知った時点で自分の人生に価値を見出せなくなった。

盗賊とは、基本的に食い詰めた農民がなる最終手段である。

物語では殺人そのものが好きな異常者なども散見されるが、現実でそんな事はまず無い。殺しが好きな人間のほとんどは、もっとその性格に相応しい人生を辿る。そもそも傭兵にでもなれば合法的に殺せるし、金も貰えるのだ。盗賊などやる理由が無い。

冒険者崩れも同じだ。魔物より人を殺したいと思ったなら、傭兵になれば良い。そして商隊の護衛でもして、襲って来る盗賊を殺せば良い。少なくなったが戦争もゼロではないから、略奪がしたいならそっちに行けば合法的に略奪もできる。

他にも、ダンジョンの中で同業者を騙《だま》したって良い。いや良くないが、盗賊をやるよりはローリスクでハイリターンだ。

盗賊なんてものは、形が人間に似てるだけの大きなゴブリンである。盗賊になるという事は、自らゴブリンになる事と変わらない。要するにホブゴブリンだ。それでも農民が盗賊になるのは、盗賊にならねば飯が食えないから。

「…………せめて、最期は綺麗に終わりてぇよな」

「どうせ縛り首だろうけどよ、旦那の手を煩わせねぇようにおとなしくしとくか……」

もし、もっと早くエルムと出会えていたら。

もし、堕《お》ちる前に魔法の頂きを見れていたなら。

盗賊達はきっと、自らゴブリンになどならずマトモに生きて往けただろう。

しかし、時間は戻らないし、事実も変わらない。盗賊達は今日まで多くを殺して来たし、奪って来た。むしろ最後にこうして与えられてる分だけ相当に贅沢《ぜいたく》だと言える。

「あぁ、幸せになりたかったなぁ……」


翌日、エムル達は魔法で作っていたツリーハウスも檻も消して、出発の準備をする。

盗賊達を馬の代わりに馬車に繋げば準備は完了だ。馬の亡骸も残りの人員にしっかりと持たせ、まだ薄暗い街道を進み始める。

そうして一行は王都に向けて出発した。予定通りであればあと数日で到着予定だったのだが、盗賊に襲われたせいで予定は狂いに狂ってる。

いやに素直な盗賊達が多少気にかかるエルムはちらりと視線を向ける。が、仮に何かを企んでいたとして、魔法でねじ伏せる自信があったので気にするのを止めた。

「ふふ、副次効果あるの笑うわ」

途中、盗賊の影が見え隠れする事があったのだが、エルム達が盗賊に鞭を打って馬車を引かせてる事にドン引きして逃げて行く。

いくら学の無い盗賊でも、関わっちゃダメな相手である事くらいは分かるらしい。

その様子を見たエルムはくつくつと笑い、しかし面倒だったので追い掛けて仕留めるようなことはしなかった。エルムはもう勇者じゃないので、自分の見てない場所であれば好きに奪って好きに殺せば良いという考えだった。

それはそれとして、目に付けば殺す気が向けば殺すのだが。盗賊は人間似のゴブリンでしかないのだから、そのくらい気軽に殺される世界だ。

「そういやおっさん、馬を弔う為に運ばせてるけど、具体的にはどうすんの？」

ふと、気になった事を商人に聞くエルム。

「これでも一応、王都に庭付きの家を持ってるんだよ。そこにお墓を作ってやりたいのさ。あの家は、この子のお陰で建てられた物だから」

「ほぇ〜、王都に家って凄くね？　結構物価高いよね？」

「ホントはね、僕って行商じゃないんだよ。ちょっと大きい店を持ってるんだけど、たまにこうして行商の真似事《まねごと》で息抜きしてるのさ」

「息抜きは良いけど、護衛くらい付けような？」

「最初はいたんだけどねぇ、途中で怪我をして動けなくなっちゃったんだよね」

「新しく雇えよ」

「傭兵組合が無い街だったからねぇ。道行く人にお願いする訳にも行かなかったし。ところで、エルム君はなんで王都に？　そういえば目的を聞いてなかったよ」

「ん？　あぁ、魔法学校ってのがあるらしくて？　そこに入学しようかなって」

聞いた商人は驚いた。これだけの魔法が使えるのに、いったい学校で何を学ぶ気なのかと。聞いてしまった盗賊達も似たような気持ちである。

「まだ学ぶ気なのかい？」

「…………ん？　あぁ違う違う、樹法じゃない。一応もう一つだけ系統を持っててさ。そっちは素人だから勉強しようかなって。ほら、樹法って使うと目立つじゃん？」

「……あぁ～、なるほどねぇ。樹法が邪悪だなんて迷信を信じてる人は多いものね。他の系統が使えるなら、それに越した事はないんだね」

商人はひとまず納得し、だが新しい疑問が湧いて聞いてみる。

「でも、それだけ樹法が上手く使えるなら、他の系統だって同じように使えるんじゃないのかい？　系統外を使う訳でも無いんだし」

「あ～、魔法を使えない人はそう勘違いするのも分かるんだが、無理なんだよな。一応、発動自体はできるぜ？　系統外だって生活魔法くらいなら全部の系統で使える。だけど、戦闘に使える程じゃぁないんだよ。まぁ無理矢理使う事もあるけどさ」

せっかくなので、エルムは軽く魔法の講義をする事にした。何気に、元勇者が行う授業である。いくら金を積んだって望めない程に豪華過ぎる授業だと言えるだろう。

「まず、系統さえ持ってるなら、全部同じように使えないのかって質問に答えると、やっぱり無理なんだよ。魔法って一括《くく》りされてるけどさ、系統が違う魔法って実は畑違いの技術なんだ」

たとえるなら、鍛冶《かじ》仕事ができる職人がいたとして、鉄が扱えるんだから彫金もできるよね？　って質問されたようなものだ。

　勿論できる人もいるのだろうし、ある程度は似通った技術もあるのだろう。しかし鍛冶と彫金は別の技術であり、鍛冶ができるから彫金もできる訳じゃない。もしできたとしたら、それは鍛冶とは別に彫金の勉強をしたからに他ならない。

「計算ができるからって、誰でも商売できる訳じゃないだろ？　それと一緒だよ。同じく数字を扱える人間でも、それで成す事柄が違うのさ」

「………なるほど。その話で言うとつまり、数字が魔力で、仕事が系統に相当するんだね？　僕は数字に強いから商人になったけど、役人になる人もいれば全然関係無い冒険者になる人もいる。似たような知識でも、使い方は様々だと」

「そういう事。勿論、技術系が似てる魔法ならある程度は技術も流用できるぜ？　でも樹法って結構独特な魔法だから、他には活《い》かしにくいんだよな。樹法に一番似てる系統と言えば、霊法かねぇ？」

　樹法は植物を操る系統だ。生き物という括りに入れ難い存在ではあるが、植物はちゃんと生きてる。

　そして霊法は生命に干渉する魔法である。正確には魂へと干渉し、結果として肉体に効果をフィードバックさせる魔法だ。

　霊法と樹法。命あるものに干渉して効果をもたらすという意味では似通った系統である。

　他は全て非生物や現象そのものに干渉する系統しか無いので、霊法と樹法はなおさら類似して見えてしまう。

「ちなみに、オッサンの系統は？」

「僕は扇法だね」

「おぉ、奇遇じゃん。俺も二つ目の系統は扇法なんだよ」

「そうなのかい？　だとしたら惜しかったなぁ。もしエルム君が扇法を使えたら、教えて貰えたのに」

「いや、生活魔法くらいなら今からでも教えられるぜ？　基礎くらいはできるからな」

そうして王都までの道すがら、エルムによる魔法講座が急遽《きゅうきょ》始まる。

元勇者から教わる魔法講座。なんと贅沢なのか。これがどれほど幸運なのかを商人は知らない。


それから数日を要し、王都を目前にした昼頃の事。

「おお、上手い上手い。もう基礎くらいはバッチリじゃね？」

元勇者からの教えを受けた商人は、生まれて初めて魔法を使う事に成功していた。扇法は風の属性なので、基礎程度ではそよ風を吹かせるくらいが関の山だが、もしこれが燐法などの系統だったなら、それだけでも仕事が見付かるレベルだ。この時代の火おこしは重労働なのである。それが魔法で一瞬の仕事になるなら、見習いレベルでも仕事は尽きない。

魔法とは、そのくらい職に困らない技術なのだ。

「うわぁ、魔法だよ！　ほら見てエルム君、僕が魔法を使ってるっ！」

「見てる見てる。いや、それだけでも暑い季節は重宝するんじゃねぇの？　風が凪《な》いでる時も、そよ風があれば多少は涼しいだろ」

「ホントだよ！　いやぁ、嬉《うれ》しいなぁ。エルム君、ありがとうね。あの子の事も含めて、本当に助かったよ」

商人がお礼を言って、馬車の背後を見る。そこには、時間が経って腐り始めた馬の亡骸ではなく、エルムが手を加えて剥製《はくせい》にした馬が運ばれていた。

馬の亡骸に触媒の種を埋め込み、馬の中に詰まった腐った肉を餌《えさ》にして樹法を発動。そうすると、しっかりと実在する物質を栄養にして育った木が内部で育ち、魔力を切っても朽ちない木が生まれる。

そして木から渋《しぶ》を含んだ樹液が滲み出て皮に干渉し、ある程度の鞣《なめ》しまで終わってるというサービス具合である。

「思えば、動物の亡骸を担いで王都に入れる訳が無いわな」

「それは、うん。そうだったね。病気の心配とかもあるし、疫病を運んだとか言われて捕まってたかもしれない」

「顔見知りが目の前で捕まるとか勘弁してくれよ。て言うか、下手すると俺も捕まるんじゃゃね？」

「…………うん。剥製にしてくれて良かったよ」

そんなやり取りの後、一行は王都ベリシャスに辿り着いた。

「盗賊の引渡しと調書への協力、ご苦労だった。行って良し！」

やけに素直な盗賊達を門番に引渡し、半月ほどかかった旅路はこうしてやっと、一旦の終わりを迎える。やはり人間なんかに車を引かせると、相応に時間がかかるのだ。

調書取りなどから解放されたエルムと商人は、門から少し離れた場所で旅の疲れを感じていた。

「そうだエルム君、良かったらウチに来ないかい？　来たばかりなら、まだ宿も決まってないだろう？　落ち着くまではウチにいて良いよ。きっと妻も喜ぶから」

その提案に、エルムは驚きつつも素直に喜んだ。

「え、良いのか？　普通に有難いんだが」

エルムは王都でまず金を稼ぎ、魔法学校の入学時期までに入学資金を貯めるつもりだった。

魔法学校は全寮制であり、入学さえしてしまえば最低でも三年程は住む場所に困らない。寝泊まりができて、扇法系統の扱いも学べ、卒業すれば国立魔法学校卒業者というステータスも手に入る。つまり一石三鳥。

なのでその時期まで、家を借りるか宿で済ませるか、エルムとしても若干の悩みどころだった。

「しばらく厄介になって良いなら、後は仕事だけだな」

「何をする予定なんだい？」

「とりあえず、冒険者って奴になろうかなと。傭兵《ようへい》でも良いんだけど、護衛とかで移動が多いと面倒だからさ。冒険者はダンジョン専門らしいし、ずっと王都にいれる。まぁ年齢的にダメって言われたら、その時はもうスラムでゴロツキでも潰してカツアゲしようかなぁ。スラムからゴロツキが一人もいなくなるくらいやれば、入学金くらいは貯まるだろ」

「そ、それは流石にどうかと思うけど……」

「大丈夫ダイジョブ。絡まれた場合だけ返り討ちにすっから。自分から襲ったりはしないさ。蛮族じゃねぇんだし」

なお、自分から襲われに行くことはある模様。

「いや、カツアゲを収入源にしようとしてる時点で立派な蛮族だと思うよ？」

茶番は置いといて、とりあえず商人の家まで行く事になった。

荷物持ちがいなくなってしまったので、動かせなくなった馬の剥製はエルムが運ぶ。と言っても、魔法で中の木を動かして歩かせてるので、持って運んでる訳じゃない。

樹法は邪悪な属性として迫害される傾向にあるが、馬の剥製は毛皮のお陰で中の木が見えないので騒がれたりはしない。

仮に騒がれたとしても、エルムは面倒に思うだけで言う程気にはしないのだが。

あくまで世渡りの範疇《はんちゅう》として、使用を少し控えるだけ。法で禁止されてる訳でも無し、完全に封印なんてする必要も無ければ、樹法の使用を恥じるつもりも無い。

いわば、ちょっと人目を気にするだけ。もし必要ならば人前でも樹法を使う。そも、エルムは見ず知らずの民衆に気を使うような性格でもないのだから。

ただ、うんざりする程のトラブルが予想されるので多少は気にしようというだけ。

（にしても、王都はあんまり変わらねぇな）

活気ある街並みを見渡しながら歩けば、やはり三百年で少しも文明が発達してない事が窺《うかが》える。

（文明レベルは建築様式に現れる。ルングダム王国は前世でも存在したし、建築様式も覚えてる）

この文明レベルの王朝が三百年も続いてる事は驚嘆すべき事かもしれないが、それよりも三百年で少しも変わってない建築様式が気になるエルム。

（育ってないなら、それはそれで前世の知識が流用できるから助かる。けど、流石にここまで発達が見られないと不気味だな。理由が気になる）


「ほら、ここだよ」

意識を思考に割いて進む事、十分ちょっと。壁に囲まれた広大な都市の中で、大通りに面した好立地に立つ店まで来た。

「お、おぉ……」

商人に紹介された店を見て、エルムは思考の海から帰って来て言葉に詰まる。

「まさか、『ちょっと大きい店』が謙遜でもなんでもなかったとは……」

「あはははははっ！　だから言っただろう？　ちょっと大きい店だって」

旅の途中、商人に言われた「ちょっと大きい店を持ってる」発言を聞いて、エルムは自動的に謙遜フィルターを掛けていた。

つまり、この商人は大店《おおだな》か何かの主であり、今は趣味の行商をしているのだと。

しかしいざ来てみれば、本当に「ちょっと大きい店」だった。比喩でもなんでもなく、地球で言うと少し大きめのコンビニサイズである。

ちなみにこの世界で個人が店を持つ場合の標準的な大きさと言えば、小さめのラーメン屋くらいが平均である。個人経営でキャパが十人前後くらいの店舗だ。

それと比べれば、コンビニサイズの店舗はなんの比喩でもなく「ちょっと大きい店」だった。謙遜など微塵《みじん》も無い。

「住居は二階か？」

「いや、二階は住み込みの従業員が生活する場所なんだ。僕は裏手にある別棟に住んでるよ。そこが家さ」

案内されるままに横道を行くと、店の裏には確かに家があった。ちょっと小さい二階建ての木造建築で、規模感はメゾネットタイプの一部屋分くらいか。間取りも恐らく四部屋くらいだと予想できる。

そも、メゾネットとは『小さな家』を意味するフランス語なので、そう考えるとまさにこの家はメゾネットだった。

「結構良い家じゃね？」

「だろう？　この子のお陰で買えた家さ」

商人は愛《いと》おしそうに馬の剥製を撫でる。確かに、大通りにあれだけの店を持って、家もこの規模の物件を買えるまで一緒に頑張った馬なのだとしたら、そこに含まれる愛情は計り知れないだろう。

「ちなみに、オッサンが魔法覚えたから選択肢増えてるよ」

「……選択肢？」

「そう。その馬、土葬か剥製の二択だったけどさ。今ならオッサンが魔力の供給もできるから、俺がその剥製を使い魔に改造できるぞ」

コイツも、まだオッサンと商売したいだろうしな。そうエルムが呟くと、さっきまでニコニコしていた商人は涙ぐみながら頭を下げた。

「よく、分からないけど、もう一度この子と旅ができるなら……」

「分かったから、頭上げてくれ。連れて来てくれた恩返しだよ、気にすんな」

少し照れたエルムが商人の肩を押して顔を上げさせた。エルムが素顔を見せる相手は、エアライドにもいなかった。

「ただ使い魔に改造するのは時間がかかるから、今は家の案内を先に頼むぜ。奥さんにも紹介してくれるんだろ？」

「ああ、勿論さ！　さぁ入ってくれ！」


小さいながらも庭付きの家に案内され、紹介された奥さんを見たエルム。そこで改まった二人から歓迎の挨拶《あいさつ》を受けた。

「改めて、この王都で小物を扱ってるキース・ラコッテだよ」

「妻のラプリアです」

「どうも、エルム・プランターだ」

奥さんを紹介されたエルムは、「こんな若くて美人の奥さん捕まえたのかよこのオッサン」と、少しキースに対する尊敬度を引き上げた。

旅の途中、商人キースが三十六歳らしいと既に聞いていたエルム。そして妻のラプリアは二十二だと聞いて、「やっぱやるじゃんオッサン」と、更に尊敬度を引き上げた。

帰って来た夫に突然「しばらくの間、子供を一人家に住ませる」と聞かされたラプリアは戸惑ったが、事情を聞くとエルムに多大な感謝を向けて「好きなだけいてくださいね」と微笑《ほほえ》んだ。

王都入りした時間も昼近かったので、ちょうど良いからとそのまま一緒に食事する事に。

「オッサン、店の方には顔出さなくて良いのか？」

「大丈夫ダイジョブ、みんな優秀だから」

従業員の優秀さと旅から帰ったオーナーが顔を出すか否かは完全に別問題であるが、キースは顔を出さない事に決めたらしい。

「んじゃ、奥さんが料理してる間にお馬さんの準備しとくわ」

「あ、何か必要な物とかあるかい？　言ってくれたら用意するよ」

キッチンに消えるラプリアを見送ったエルムは、すっと立ち上がって庭先に向かう。他人事じゃないキースも、エルムに必要な物を確認する。

「んー、じゃぁ木材をそこそこの量欲しいかな。やっぱ樹法だし、木が必要なんだよ」

「了解。ついでにエルム君が他の事にも使えるように、多めに持って来るよ。木があれば色々できるんだろう？」

「助かる。樹法使いは装備品も木製で揃える方が強いからな、ついでに冒険者になる為の装備品も作らせて貰うわ。今は最低限しか持ってないし」

「…………え、今何か武器とか持ってるのかい？」

「武器って言うか、武器にもなる道具かな？　ほら、コレ」

エルムは右腕に着けてた腕輪《ベース》を外してキースに渡す。

「重《おっも》ッ…………!?」

手渡された腕輪が予想以上に重かった事に驚くキース。樹法で変質させた木材の種類が種類なので、それも当然だった。

使われた木材も元はバルサに近い軽量の木材だったが、量を用意して圧縮した後に樹法で材質を変化させた物である。

「リグナムバイタっていう種類の木で、木材の中ではダントツで硬くて重い木なんだよ。それを樹法で更に硬く強化すると、下手な金属より頼りになる」

リグナムバイタ。地球で最も硬くて重い木として知られる種類で、その比重は１．２８。恐ろしい事に、この木材は水よりも重い。つまり水に浮かない。

ラテン語で『生命の木《ウッドオブライフ》』を意味する名前は、その樹液は万病に効くとされ、梅毒の特効薬として使われた逸話もある。

その事から日本では、『癒瘡木《ゆそうぼく》』の異名を持つ。癒瘡の瘡とは傷の事ではなく梅毒による疱瘡《ほうそう》を指す。

勿論本当には万病への効果は無いし迷信、梅毒の特効薬だなんて逸話も迷信だ。ちゃんと薬としての効能はあるが、漢方の生薬レベルでしかない。

鬼のような摩耗耐性と自己潤滑作用を持つ事から、工業的な利用もされていた。

勿論深く暗い飴《あめ》色の奥に潜む野性的な緑色も美しく、工芸的な利用も多い。工業にも工芸にも使われ、さながら樹木界のダイヤモンドだ。

名前が持つ意味や万能薬の逸話、そして何より実用に耐えうる耐久性と見た目の美しさから、エルムは好んでこの木を使う。

地球では既に枯渇気味の資源であり、ワシントン条約で規制されているので日本では入手が非常に困難だが、異世界で魔法を使えば好きなだけ使える。

「その腕輪を樹法で変形させて剣にしたり盾にしたり、まぁ色々と便利に使う為の道具なのさ」

「なるほどねぇ」

樹法使いは、鉄の剣を持つより木刀持った方が強い。武器の形状は思いのままで、硬さは鉄を超える。刃こぼれしても瞬時に直せるし、わざわざ鉄製の武器を持つ必要が無いのだ。

「まぁ良いや。とにかく木材を用意して来るね。妻が戻って来たらそう言っといてくれるかい？」

キースを見送ったエルムは、庭に置いてた馬の剥製の元に向かう。材料が後から来るらしいので、今は先に魔法の構築をしておくのだ。

（戦闘用じゃなく、駄獣としての活用が前提だ。だったら瞬間的な出力は抑えて良い。ただ俺の操作を必要とせず、スタンドアローンで動く樹法ゴーレムを作る必要がある。久々だから少し時間が

欲しいな)

エルムは剥製に触れ、魔法でＡＩのようなプログラムを組み始める。

(高度な戦闘用プログラムなんて必要無い。ただ馬っぽく走れるだけの人造モンスターにすれば良い。幸い、本当のプログラミングみたいに馬の動作手順から組み立てる必要が無いしな)

普段からエルムが好んで使う人造モンスターの魔法は、半オートの半マニュアルで動かしてる。ある程度の方向性を指示し、細部はモンスターに任せる形だ。たとえば「Ａ地点に向かえ」と指示はするが、Ａ地点に歩いて向かうか走って向かうかはモンスター次第なのである。その判断に必要な前提知識はエルム自身から抽出する。

人造モンスターに自我は無い。と言うか、あくまでモンスターっぽいだけでモンスターですらない。ハエトリグサが葉に触れた虫を捕食するように、ただそう創られたから動くのだ。

今回は人に渡す使い魔なので、エルムが操作をして動かす訳じゃない。樹法が使えないキースでも動かせるように、受けた指示によって自ら動く使い魔へと仕上げる必要がある。

(創造主として魔力による指示ができないだけで、物理的な指示は可能。ならパターンを構築して…………)

どれだけ術式の構築に集中してたのか、時間の感覚も無くなって久しい頃にエルムは作業を止めた。背後で人の気配がしたのだ。

「あの…………」

「あぁ、ラプリアさんか。オッサンは今、ちょっとコイツに使う資材集めに行ってるよ」

背後にいたのはキースの妻、ラプリアだった。恐らく料理ができたのだろうと判断したエルムは、剥製の内部で構築してる術式を一度ロックして魔法を保存した。

ふと見れば、ラプリアは剥製を見て目尻に涙を溜《た》めてた。やはりラコッテ家にとってこの馬は大事な家族だったんだろう。

「まぁ、うん。この子は死んじゃったけどさ。でもこの子を素材にした使い魔が、この先もまたラコッテ家で働くと知ったら、多分この子も喜ぶんじゃねぇかな。知らんけど」

せめて、気休めにでもなればとエルムは慣れない慰めを口にした。エルムは皮肉を使って人を煽る方が得意なのだ。慰めるのは苦手である。

しかし、それでも気持ちは通じたらしい。

「ふふ、ありがとうございます。お優しいんですね」

「いやいや、俺程気分屋のロクデナシもそうそういないと思うけどな?」

「…………こんなもんか？」

ラコッテ家に居候を始めてから数日、エルムは装備品の製作に時間を使っていた。

今更ながらウェルンという名前だったらしい馬の剥製を完全に使い魔化して、その使い方をキースに教授した。

その後、エルムは余った木材を使って自重ゼロの生産活動を始める。

「やっぱ木刀も欲しいな。ベースを変形させてる時間が惜しい時もあるだろうし、腰に得物があると大分勝手が違うし。あと服も一応、作り直すか」

エルムはまず服を作り直した。デザインは変わらないが、所々に木製のプレートを仕込んで防御力を高めた。樹法使いにとって鉄の鎧《よろい》よりも信用できる防具である。

それが終わったら次に端材を集めて圧縮。その材質をリグナムバイタに変質させ、その後にシンプルでスタイリッシュな木刀に成形した。

形ができたらリグナムバイタの樹液を表面に擦り込んでどす黒く濃い緑色の風合いを出して形は完成。後はそこに、様々な戦闘用の樹法を仕込んで行く。

この木刀は前世でもプリムラが使っていた武器である。木刀でありながらも斬れ味はそんじょそこらの名刀を上回り、樹法で強化されたリグナムバイタは鉄をも超える強度でありながら、木材な

冒険者になろう。

ので靭性《じんせい》もかなり高い。

破損の心配も少なく、そして壊れてもすぐ直せる。宿した樹法が魔法の発動を後押しする効果もあって「剣であり杖《つえ》でもある」武器だ。

「プリムラの時はなんて呼んだっけか。確か、ハルニレ…………？」

過去に武器へ付けてた銘を記憶から引っ張り出す。

「仕込んだ術式は……、うん。正常に動いてるな。握ったら刃が付いて、手を離してる時は完全に木刀だから鞘《さや》も要らない。クリップで腰にでも着けてたら即応性も高いだろ。どうせ俺、抜刀術とかできねぇし」

元は勇者だったので、武器の扱いはそれなりに学んでるエルムだが、藤原楡時代は園芸部に所属する幽霊部員でしかなく、武術のぶの字も知らない高校生だった。当然、剣術など知る訳が無い。

今のエルムが使える剣術は、剣の勇者から旅の途中に教わった直伝のもの。

「木製の専用クリップも作って、ハルニレの溝に合わせて……」

ハルニレの鍔《つば》辺りに設けられた溝にクリップがカチッとハマるのを確認したエルムは、装備の準備が終わったと長い息を吐いた。

「やっぱ術式の構築速度落ちてるなぁ。俺にとってはあっという間だったけど、三百年分のブランクでもあるのかねぇ？」

作業に三日もかかった事を嘆くエルムだが、作った装備の質を見ればどれもが国宝級なのでシャレになってない。三日で国宝級装備を一式揃えられたのに、それでも速度が遅いと嘆くのだ。当時の勇者達がどれ程の化け物だったかよく分かろうものだ。

しかし、三日も魔法を練り続けていたので、落ちていた腕もかなり戻せたらしい。エルムは薄く微笑んでる。

キースに与えられた部屋の中で、完成した装備品を全て一度身に着けてみる。サイズと着用感にダメなところが無いかを確認し、ブーツの慣らしもゆっくりとして行く。ちなみにこの世界は基本的に室内でも土足だ。

「んー、悪くない。ハルニレも子供用のサイズになったが、まぁ仕方ないだろ。このサイズでもリグナムバイタで作ったから超重いし」

それに、自分の成長に合わせて武器の方を大きくすれば良いだけである。樹法ならばそれが可能なのだから。

「…………と言うか、プリムラ時代に使ってたハルニレはどこ行ったんだ？　あれは三百年で朽ちるようなザコい作りじゃないんだが、廃棄でもされたのか？」

過去に最悪最低の魔女とされたプリムラ（男）が使ってた装備品に関する情報は、残念ながら一つも見た事が無い。

もし現物があるのならば回収したい。そう考えるのは自然な事だが、それも情報が無さ過ぎてどうしようもなかった。

「あっちのハルニレは素材が違うからなぁ。樹法でもモンスター由来の植物は再現できないし、樹《じゅ》龍《りゅう》の素材から作った先代のハルニレは格が違うもんなぁ」

ほとんど万能でできない事の方が少ない樹法だが、魔王由来のモンスター素材は再現不可能だった。樹法は植物に作用するが、モンスターは植物系でも生物なのだ。目の前にいれば掌握して操る事もできるが、生物でもあるので生み出す事ができない。

その為、たとえ植物だろうとモンスターに樹法を仕込んで作った装備や道具は素晴らしい性能を有する。

実際、勇者時代のハルニレは最終的に植物系のドラゴン素材まで使われていた。それはもう凄まじい性能を誇り、剣の勇者をして「羨《うらや》ましい。その剣ちょうだい」とさえ言わせた逸品である。

「いや、もしかしてブイズがあの後パクったのか？　でも樹法は邪悪な系統とか言った本人が、樹法で作った武器を使っちゃマズイよなぁ。そこんとこどうなんだろ」

しばらく推測を続けたエルムだが、考えても意味が無いと早々に思考をゴミ箱に投げ捨てた。

よく考えれば、魔王がいなくなった世界で今持ってる二代目ハルニレを超える性能の武器なんて、どう考えても必要無いのだ。このハルニレだって十分に国宝級なのだから。

「消費した種も作り直したし、準備はもう良いだろ。今日はこのまま冒険者ギルドとやらに行って、それでダンジョンに入れるようになったら二代目ハルニレの試し斬りと行こうか」

◆

早速、冒険者ギルドにやって来たエルム。

この組織はダンジョンを攻略して資源を回収する為に生まれたので、ダンジョンが存在しなかったプリムラ時代では影も形も無かった。

なのでエルムは少し楽しみにしていたのだが、酒場と役所を混ぜたようなコッテコテの場所だったのでテンションは若干落ちた。

初見のワクワク感を楽しみに来たのだが、ライトノベルや漫画で使い古されたようなデザインだったので新鮮味を感じられなかったのだ。

エルムは初めて見る場所なのに、ジャパニーズカルチャーのせいでデジャブを禁じ得ない。

しかし落ち込んでても仕方ないと、エルムは気を取り直して受付に向かった。

イカつく汗臭そうな冒険者達を掻き分けて向かった受付で、見目美《うるわ》しい女性に話し掛けつつ、ここもテンプレなのかと更にテンションが落ちる。

またまた気を取り直し、十二歳でも冒険者になれるか否かを質問する。すると受付嬢は「なれる」と返して来た。しかし、試験があると言う。

「試験？　なんの？」

「それは勿論、ダンジョンでやって行けるかの試験ですよ」

「理由を聞いたんじゃねぇよ。試験の種類を聞いてんだよ」

一口に試験と言っても、実技も筆記もある。もし実技なら対人なのか対魔なのか、筆記なら科目は何か。それらを聞きたかったエルムはテンポの悪さに若干イラつく。

しかし相手が子供である事を考えれば、受付嬢の対応もそこまでおかしくない。当の本人もエルムの内心には気付かず、説明を続ける。

「失礼しました。ご存じか分かりませんが、ダンジョンとは過去に存在した魔王が残した呪いそのものだと言われてます。あの場所で死ねば、魂はダンジョンに吸収されて魔王復活の贄《にえ》にされてしまいます。なので簡単に死ぬような方はダンジョンへの入場を認められないのです」

それはまぁ、その通りだろうとエルムも思う。個人的にはもう一度くらい魔王と会ってみたい気持ちもあるが、人類とは相容れない存在である魔王が復活したらもう一度殺す事になる。友人を二回も殺したくないエルムは微妙な気持ちになった。

そもそも、今のままじゃ到底勝てないので、仮に魔王が復活したら急いで死ぬ気で鍛え直す必要もある。やっぱり微妙な気持ちになった。

今のエルムはプリムラの全盛期と比べて、魔力量は2%ほど。魔法の精度は五割といったところか。ほとんど五分の戦いをした魔王を相手に、今のスペックで挑むとエルムは瞬殺されてしまう。

「で、その試験っていうのはいつ、どこで、何をする？　合格基準は？」

「そうですね、最短ですと三日後の昼前になります。試験の内容は試験官の引率でダンジョン一層に入り、監視の下で魔物と戦って頂きます。合格基準は勿論、戦闘に勝利する事が第一で、戦いに余裕がある程に高得点です。一層程度でギリギリの戦いを演じる方は、仮に試験では勝てても実戦で死ぬ可能性が高いですからね」

思ったよりもシンプルで、理にかなってる試験だと思った。モンスターに勝てる事と、ダンジョンを探索する事は似てるようで非なるもの。冒険者はモンスターを殺す事が仕事じゃなく、ダンジョンから売れる物を持ち帰るのが仕事なのだ。

だから試験では、戦いを経ても探索に割ける力を残せるか、それを意識して戦えるのかを確認するのだろう。それさえできてるならば、後は本人の創意工夫で頑張ってくれと、そういったシステムなのだ。

「じゃぁ、三日後の試験に参加したい。申請とか要る？」

「いえ、不要ですよ。当日に来て貰えればそれで」


さて、三日後の昼前である。冒険者ギルドに来ていた。

「あそこかな？」

見ると、十五歳から二十歳程の年齢層で纏《まと》まってる団体を発見して、エルムはそちらに向かう。

装備も明らかに新品だったり、逆に誰かに譲って貰った整備済みの中古品だったりと、なかなかに初々《ういうい》しい出で立ちで統一されてる。

しかし、エルムが初々しいと思ってほっこりしてても、相手からするとやけに整った装備の子供にしか見えないわけで。

「なんだぁ、このガキ」

「おい、こっちは冒険者になる為の試験を受ける集まりだぞ。依頼なら受付に行け」

当然、絡まれる。

「あ、そういうの要らない」

だがエルムもそんなテンプレは欲してない。むしろテンプレに感動を潰されっぱなしなので嫌いになりつつある。

今のエルムはさっさと試験を終わらせて、ハルニレの試し斬りがしたいのだ。

「なんだこのガキ、礼儀も知らねぇのか？」

「おいおい、自分が知らない事を相手に求めんなよオッサン。お里が知れるぜ？」

「なんだとテメェ……？」

「なんだ、聞こえなかったのか？　顔だけじゃなく耳も悪いのか？　こんなとこいないで医者にでも見て貰った方が良いんじゃないか？　まぁ顔と耳、どっちの治療を頼むのか知らねぇけど」

「あぁッ!?　ケンカ売ってんのかクソガキィ！」

テンプレは要らない。なのに癖で敵対的な相手は秒で煽ってしまうエルム。このままではテンプレ突入待った無しだが、幸いながら運が良かった。

「集まってますね。では試験に向かいます。参加者はついて来るように」

ちょうど二人の試験官が来て、運良くトラブルは回避された。今この場で問題を起こし、その場で失格にされては堪らない。絡んで来た冒険者候補達も、渋々《しぶしぶ》引き下がる。

なお、誰にとって『運が良かった』のかは見る人による。あと、絡んで来た冒険者候補達は少年か青年であり、断じてオッサンではなかった。

（へぇ、どこにあんのかと思ったら都市の中にあるのか。王都の場所は三百年前から変わってな

いっぽいし、ダンジョンに合わせて遷都《せんと》した訳でもないんだろう。つまり、魔王の呪いがピンポイントで王都を直撃したのか）

ダンジョンとは魔王の呪いである。プリムラがトドメを刺した瞬間に発動し、世界そのものに展開された超大規模術式。エルムが漁《あさ》った文献では、魔王の死体がバラバラに弾《はじ》けて、その肉片が落ちた場所にダンジョンが生まれたらしい。

プリムラは魔王の死と同時に絶命したので、その瞬間を見ていない。だが六勇者の五人はしっかりと見ていたのだろう。それが後世に伝わったのだとエルムは納得した。

（まぁ偶然なんだろうけど、一々都市の外に出るのは面倒だし、王都の中にダンジョンを仕込んだ魔王グッジョブって感じだよな）

王都の中を移動し、ほとんど中央に位置する場所に到着した。エルムの記憶が正しければ元は大通りの交差する広場だったはずだが、今ではすっかりダンジョン専用の場所として整備されていた。

（ダンジョンは壁で囲まれてるのか。その辺は詳しくないけど、スタンピードとか起こすタイプなのか？　外からじゃなくて、内側からの侵入を防ぐ防壁？　いや、資格の無い奴がダンジョンに入らないようにする目的もあるのか。雑魚が入って無駄死にすると、魔王復活が早まるからな）

考察を終えたエルムはそのまま集団の最後尾について行って、ダンジョンを囲う壁の中に入る。

（ふーん……。洞窟《どうくつ》型、城型、魔法陣型、色々と想像してたが、穴型か。グローリーホールとまでは言わないが、巨大な穴を螺旋《らせん》階段で降りて入るタイプのダンジョンか。ラノベで言うとダンジョンに出会いを求める白兎《しろうさぎ》の世界にあるタイプか）

ダンジョンを囲う壁には二箇所の門があり、少なくない数の門番がいてなかなかに厳重な警戒をしてる。そこから冒険者ギルドの職員として試験官が手続きをして中に入れば、地面に大穴が開いてるのが見えた。

壁の中は目測で大体八十メートル程か。穴は直径三十メートルはあり、ほぼ真円の穴は壁に螺旋階段がある。そこから下に降りるとダンジョンに入れる形なのだろう。

試験受講者達は初めて見るダンジョンに浮き足立っていて、試験官に怒られない程度に近寄って穴の中を確認してる。

（中央は吹き抜けで、落ちたら助からないな。螺旋階段は幅が三メートルくらいか？　パーティで降りてもストレス無く使える広い階段だ）

エルムは恐ろしい速度で情報を吸収し、精査する。何故か文献などから得られるダンジョンの情報は不親切なものが多く、詳細を調べ切る事ができなかったのだ。

（今も潜って行く冒険者達は荷物持ち《ポーター》を連れてる奴らが多い。階段も昇降どちらにも使われてるように見えるし、多分テレポート系の階層移動は無い。足で潜って足で帰って来るのが基本かね？まぁ魔王としてはダンジョン内で死んで欲しい訳だし、親切設計にする必要も無いんだろうけど）

行きは攻略必須だが帰りは魔法陣で一気に、なんて機能は今のところ確認できない。恐らくは行きも帰りも自力で行うタイプのダンジョンなのだとエルムは判断した。

（階段を降りた先がエントランス的な場所で、そこからテレポートできる可能性はまだあるけど、魔王の性格を加味すると自力で帰るんだろうな）

歩きながらも、エルムは自分の知ってる魔王の性格も含めて考察をする。その精度は決して低くない。

(…………あれ？　だったら俺も荷物持ち《ポーター》を雇うべきか？　大々的に樹法を使って良いなら人造モンスターでどうにでもなるんだが)

まだ試験も始まってないのに先々の事を考える。

ダンジョンで稼ぐという事は、つまり大量の資源をダンジョンから持ち帰らなければならない。

この世界にはアイテムボックスやインベントリなんて便利な魔法は存在せず、その手のアイテムも聞いた事が無かった。

(うーん、面倒だな。駆け出しの魔法使いでも霊法使いなら重い荷物もバフで運べるだろうけど、駆け出しに雇われてくれる霊法使いとかいる訳ねぇし)

霊法使いは刃法使い並みに希少だ。そして癒《いや》しの魔法を使える時点で引く手数多なのは確定的に明らか。見習いだろうと好待遇で迎え入れる場所が星の数程あるだろう。駆け出しの冒険者に雇われる理由が一つも無い。

そんな事を悩んでるうちに、一行は螺旋階段を降りてダンジョンに入る。

降りた先では真円のエントランスになっていて、壁にはいくつもの横穴が開いている。冒険者のほとんどはその穴を歩いて進み、または大荷物を持って穴から帰って来るのが窺えた。

「はい、注目」

試験官が手を叩いて受講者を集める。

「ここはダンジョンの零階層《ゼロ》。ここにはモンスターも出ず、壁に見える横穴を進むとダンジョンの一層に行ける。多くの冒険者はこの場所で最終確認をした後に、一層へと向かう」

始まった説明を素直に聞く受講者達。勿論エルムもその一人だ。ダンジョンに関する情報は不自然な程に流通しておらず、この場で詳しく知れるならエルムとしても願ったりだった。

「お前達には今から、私と共にダンジョンの一層に向かってモンスターと戦って貰う。当然、相応の結果を出さねば失格だ。ダンジョンで多くの人間が死ねば、嘗て世界を滅ぼさんとした魔王が復活してしまうからな。冒険者になるからには、駆け出しであろうとも第一層で余裕を持って戦える事が最低条件になる」

その後もいくつか注意点を説明され、五分程も情報を詰め込まれた一行はやっとダンジョン一層へと向かう。

ダンジョン零階層、通称『準備部屋』の横穴を行く一行。

(ふーん、スロープになってんだな。徐々に降りて、出た先は一層下って事かね?)

下に向かって緩やかに傾斜するスロープを降りて行くエルムは、ダンジョンの構造も少しずつ把握して行く。

準備部屋も螺旋階段もそうだったが、ダンジョンの入口付近は基本的に人工物の様相であり、切り出されて磨かれた石材で建てた建築物のような質感になってる。

(階層ごとに雰囲気は変わるんだろうけど、こうもテンプレに近い構成だと色々疑っちゃうよな。本人は否定してたけど)

エルムはダンジョンについて無知であるが、代わりにモンスターについては異様に詳しい。何故なら前世が勇者であり、世界中のモンスターと戦った経験があるからだ。

そしてこの世界で魔王が創り出したモンスターは基本的に、地球で空想の産物とされた化け物達ばかりだったのだ。だからプリムラは魔王と邂逅した時に「お前もしかして転生者？」と聞いたのだが、聞かれた本人は「てん、…………何？」と困惑していた。

演技の線もあったが、どうにも嘘をついてるようには見えないその様子から、プリムラは魔王が転生者という説を一度捨てた。

プリムラからエルムに生まれ変わった今になって考えれば、化け物なんて多種多様に生み出していけば、最終的には地球で生まれた空想と被《かぶ》っても仕方ないよなと思い至る。

醜く痩《や》せ細った小鬼《ゴブリン》や醜悪な豚の怪物《オーク》など、その他にも様々な化け物が存在するが、「醜い人型」や「既存の生物をミックス」など、発想を広げれば似たような物が生まれるのは当たり前だった。

強い化け物を生み出すには、強い生物を掛け合わせるなんて誰でも思い付く。天空強者である鷹と地上の強者である獅子をミックスしてグリフォンになるなんて、考えてみれば大した事じゃなかったのだとエルムは納得してしまった。

それらの当たり前に考えうる化け物から外そうと思えば、それこそクトゥルフ系の形容し難い何かが生まれるし、そして地球ではそれさえも既出の空想だ。

もはや「なんで地球の空想が異世界に」と文句を言うのも理不尽なレベルだ。地球で生まれた空想が手広過ぎて、何を生み出しても被ってしまう。いっそ地球人が悪いとさえ言える。

(俺だって地球の記憶無しに向こうと被らないオリジナルモンスターを創れって言われても、多分無理だし)

地球での記憶があるから『知ってるから被らないように考える』事は可能だ。だがそれができない場合、絶対に被る自信がエルムにはあった。

獅子型のモンスターだけでもグリフォン、マンティコア、キメラ、マーライオン等々、様々いるし、悪魔や神も含めればもっといる。ゲームなどで生まれた独自の物も含めたら本当に『被らないの無理じゃね?』と諦める程に多い。

それがありとあらゆる種族でそうなのだから、魔王が生み出したモンスターが地球の空想と被ってても仕方ないのかもしれない。

(一応、俺の知らないモンスターだっていた。それも俺が知らないだけで、地球では既出のモンスターだったかもしれないし)

そんなこんな、一キロ近い距離を歩いて辿り着いたダンジョンの第一層。そこは熱帯雨林を彷彿とさせる青々としたフィールドだった。

空は青く、湿度が高いのかジメジメとした空気を肌で感じたエルムは、樹法使いにとってあり得ない程有利なエリアでテンションが上がる。

(ははっ、森林エリアとかヌルゲーが過ぎるぜ)

エルム以外の受講者達は「………ち、地下なのに」と空を見て驚いていたが、エルムとしてはこれもテンプレの一つだったので驚くに値しない。

ちなみに、ダンジョンの中では基本的に昼夜が無く、階層ごとに時間は固定。時折イレギュラーとして変わる事もあるが、イレギュラーはあくまでイレギュラーだ。

(まったく、魔王を倒した後に異世界テンプレが始まるとか……)

魔王、やるじゃん。エルムは思った。

せっかくのサードライフだ。無駄にキツかった勇者稼業よりも自由で楽しそうな冒険者の方がエルムとしても嬉しいのだ。スローライフには惹《ひ》かれるが、それだって多少の刺激は欲しい。魔王様々である。

「さて、傾注《けいちゅう》!」

「試験内容を説明する。心して聞け!」

二人の試験官によって説明される内容は、簡単に言うと試験官の一人がモンスターを釣って来て、受講者が一人ずつ戦闘を行うだけのもの。

受講者達はこの場で待機して、試験官の指示で順番に戦う。この最低限のルールすら守らず、自分で森に突っ込んでモンスターを倒して来ても失格になる。

試験すらマトモに受けられないバカを合格にしても仕方ないからだ。余計な事をしたらすぐさま失格になる。

「では、歳の順にでも戦って貰おうか。若い者は後に回すから、歳上が戦う様を見て心の準備をしておけ」

(となると、俺は最後かな? 最年少っぽいし)

エルムの予想通り、十二歳は最年少だった。そも、一層で余裕を持って戦える事が最低条件の冒険者は色々と厳しい仕事である。当然、子供に向いてる訳が無い。

ライトノベルにあるような、薬草採取なんかの低難易度な仕事なんてほぼ無いのがこの世界の冒険者だ。何故なら「危険を冒す」と書いて冒険であり、冒険する者を冒険者と呼ぶのだから。最低限でも危険を冒し、そして危険を乗り越えられる者にだけダンジョンへ入る資格が与えられる。

それが世界の常識であり、危険に耐えられないだろう子供は冒険者になれない。試験を受ける事自体は可能だし、試験官も付いてるから死亡のリスクはとても低い。だが生きてる事と無事である事はイコールにならない。

モンスターと戦って怪我でもすれば、後遺症の可能性もある。とてもじゃないが、平民にとって後遺症を抱えた生活なんてあり得ない。それも子供のウチからだなんて、地獄以外の何ものでもないだろう。

それを知ってる一般の子供は、そもそも試験なんて受けないのだ。

腕っ節に余程の自信があっても、十五歳くらいが下限だと暗黙の了解が存在する。そうじゃなくても普通なら二十歳くらいまで腕を磨いて、しっかり一人前になってから冒険者になる。例外は箔《はく》付けの為に貴族の子供がなるくらいか。


「よし、次で最後だな」

順番が回って来たエルムは、気負い無く前に出た。試験官の一人が森からモンスターを釣って来る間に、腰のクリップからハルニレを外して自然体に構える。

(まぁゴブリンばっかだったし、余裕だろ)

先に戦ってた受講者達を見た限りでは、ゴブリンしかいなかった。ゴブリンは群れる事で真価を発揮するモンスターなので、単体だけ連れて来られても正真正銘の雑魚でしかない。

(ゴブリンを単体相手にしたって試験になるか微妙だと思うんだけど、その辺はどうなってんのかね?)

「来るぞ、構えろ……!」

(もう構えてっけど)

森からゴブリンを釣って来た試験官が戻って来た。エルムは試験官を追い掛けて来るゴブリンの到着を待つのが面倒だったので、到着を待たずに攻撃した。

「ほいっと」

手に持ったハルニレを無造作にブン投げ、適当な投擲《とうてき》フォームの割には綺麗に飛んで行ったハルニレがゴブリンの胸に突き刺さって地面にまで貫通し、そのままゴブリンを地面へと縫い付けた。

「グギィィィイイッ!? ギィヤァァアアッ!」

「あー、悪いな。俺のハルニレ《ハルニレ》は基本的に一撃必殺なんだ。足掻いても無駄だ」

胸に刺さった木刀《ハルニレ》を引き抜こうと藻掻《もが》くゴブリンは、しかし数秒の後に痙攣《けいれん》し始め、やがて泡を噴いて動かなくなる。

木刀ハルニレ。それは樹法の粋を詰め込まれた魔法武器であり、植物由来の毒を自由に生成できる他、寄生タイプの植物を植え付けて内部からの攻撃も可能な、まさに外道の剣。

掠《かす》っただけでも猛毒や寄生植物の種を傷口に残され、体液を餌に内側から食い破られて死ぬ。そんな最低最悪の攻撃が『通常攻撃』である。

剣の勇者が「羨ましい」と言ったのもこの性能があるからで、「斬ったら確実に殺せる」剣とは、剣士にとってあまりにも魅力的である。

エルムは、冷めた目で絶命したゴブリンに近づいて、刺さったハルニレを引き抜いた。その姿はとても駆け出しの冒険者には見えず、見た目から侮ってた受講者達は息を呑《の》んでその様子を見ていた。

ちなみにだが、このゴブリンが食らった物は、トリカブト毒《アコニチン》というアルカロイド系の毒をベースに、それはもう色々とおぞましい改造が施された猛毒である。

こんな毒で殺される程、このゴブリン君が罪深かったのかは誰も知らない。きっとゴブリン君も知らないだろう。

◆

「勧誘だる……」

エルムが冒険者となった日から、既に一週間が経ってる。

未だにラコッテ家のお世話になっているが、毎日ダンジョンへと赴いて着実に金を稼ぐエルム。

順調過ぎる冒険者稼業に思えるが、しかしエルムは思うように行かない仕事にイライラしていた。

そのイライラの発端は、自分がソロである事に他ならない。

「なんで俺が足でまといに分前《わけまえ》を寄越して世話をしてやらにゃアカンのじゃクソッタレがぁ……！」

冒険者は危険な仕事であり、リスクを分散する為にはパーティを組むのが常識である。そんな仕事の中で、腕が良くてソロ活動をしているエルムはとても目立つ。

その為、メンバーに余裕があるパーティが毎日こぞってエルムを勧誘するようになった。それがエルムにとって凄まじいストレスであり、せっかく冒険者になったのに早速辞めようかと悩む程だった。

（せっかく荷物持ち《ポーター》の問題をクリアしたのに、面倒過ぎんだろ冒険者……！）

樹法らしい樹法を使わずに試験をクリアし、今も基本的にハルニレの性能ゴリ押し剣術で仕事をしてるエルム。ハルニレは遠目だと黒く見えるので、近くでじっくり見せなければ木刀だとは思われない。

人造モンスターを使えれば荷物持ち《ポーター》も要らないのだが、せっかく面倒事を避けて試験を突破したにも関わらず、そんな事をしたら努力が無に帰す。だからエルムはキースに掛け合ってウェルンを借りる事で問題をクリアした。

ウェルンはエルムが樹法で使い魔に改造した存在だが、本物のウェルンが残した遺体を使っているので馬にしか見えない。ほぼ丸ごとの毛皮で覆われた使い魔は動物にしか見えないので、樹法を使ってるとバレにくい。

そこまでしてトラブルを回避してるのに、勧誘合戦がウザ過ぎて結局は努力が意味の無いものになりつつある現状、エルムのストレスは限界寸前だった。

「…………………ん？」

ふと、冒険者ギルドからの帰り道に気になる物を見つけたエルム。それは粗末な服を着て労働させられる奴隷であった。

「………あぁ、そっか。俺が一人なのが問題なら、仲間を買えば良いのか」

思い立ったエルムは、行き先を変更して奴隷商を探し始めた。

◆

三百年前では奴隷も凄惨な立場の『使い捨て』が基本だったが、今では扱いもある程度は改善されてる。そも、その手の事にあまり頓着《とんちゃく》する性格でもないエルムは、奴隷に関する法律は詳しくなかった。

それでも、扱いの良い奴隷は高く、未だに使い捨て同然にされる者は安い。稼ぎ始めで潤沢とは言えない手持ちのエルムは、大手を避けて小規模の奴隷商で買い物をしようと店を探した。

そうして見付けた店は借金奴隷をメインに扱う店らしいが、店の規模に見合った商売しかしてないのか店構えが絶妙に悪かった。

「ようこそおいでくださいました」

その分値段も相応だろうと選んだので、エルムとしてはむしろ望み通りの店だが、店主は久々の客だと精一杯の持て成しで張り切っている。

「とりあえず、樹法持ちか霊法持ちの奴隷を見せて貰えるか？　二系統持《ダブル》ちだと嬉しいが、無理は言わない。後は希望の系統持ちじゃなくても、二系統持《ダブル》ちは一応全員見せてくれるか？」

ボロ臭い店の中に案内され、応接室と言うにはあまりにも質素な部屋でお茶と菓子を出されるが、品質が不安なのでエルムは手を付けず、すぐに自分の希望を伝えて用意を促した。

（樹法持ちは迫害傾向にある。つまり安い。樹法持ちってだけでレア系統の二系統持《ダブル》ちも安く買えるかもしれん）

そんな事を考えながら待つと、用意ができたと戻って来た店主に別室へ案内される。

そこには七人程の奴隷がいた。全員が樹法か霊法持ち。もしくは二系統持《ダブル》ちの奴隷なのだろう。

「ん、獣人いるじゃん。柔牙族《じゅうがぞく》の双子かな？　良いね、可愛いじゃん」

全員をサッと眺めたエルムは、秒で順位を決めて最上位に入った双子の獣人に近寄る。十二歳でしかないエルムよりも大分幼く、種族特性を差し引いても、どう見たって年齢が一桁の子供だった。

「借金奴隷を扱ってんじゃなかったか？」

「この二人は借金のカタに売られたそうです」

魔法はエルムが自分が教えられるので、購入する奴隷の質については気にしてない。むしろ質が悪い方が安いので、買い手が付きにくい子供の方が有難いのだった。

最初から魔法を使える奴隷なんて存在は激レアで、当然ながら相応に値が張る。魔法とは他の追随を許さない程の専門職であり、本来なら奴隷落ちなんてあり得ないのだ。

（ふむ。下手な奴隷買うよりは子供の方が扱いやすいか？）

エルムとしても、汗臭いオッサンや必死に媚《こ》びて来る女奴隷よりも、見た目が可愛い獣人の子供が買えるならそれで良い。質なんて自分でいくらでも教育できるし、傍に置いてストレスが無い事を優先したかった。

ちなみに、ここで「こんなに小さいのに可哀想だな。助けてあげよう」なんて考えは微塵も無いのがエルムクオリティ。子供は常に養われるべきだが、奴隷だって主人に養われる立場である。むしろ子供を売るような親より価値を認めて金を出す主人の方が信用できるとさえ思う。

「で、二人の系統は？」

「なんと、どちらも二系統持ち《ダブル》でございまして、兄の方は樹法と刃法。妹の方は樹法と霊法でございます」

「…………………え、マジ？」

エルムは焦る。

邪悪な樹法を持ってる事と相殺されて安くなる事を期待していたが、『どちらも二系統持ち《ダブル》の双子』であり、『刃法と霊法持ちの双子』である。要するに『めちゃくちゃレアな奴隷』だ。

希少度とは、すなわち価値に直結しやすい。樹法を持ってるとしても、霊法と刃法を持った双子だなんて狙ったとしか思えない程の激レア物件。いったい、どんな値段なのか聞く前から恐ろしい。

思いっきり予想を外し、とても焦る。もう既に、この場にいる他の奴隷なんて要らない。買うならこの双子が良い。

「………ちなみに、いくらだ?」

意を決し、恐る恐る値段を聞くエルム。

「こちら、バラ売りしようとすると抵抗しますので、抱き合わせが前提でございます。二人合わせてお値段が、金貨で五十……」

(思ったより安い。………だが高いな。レア度の割に安いのは間違いないが、今の俺は金貨なんて持ってねぇぞ)

思考をぶん回して、どうにか双子を手に入れようとするエルム。時間にして五秒程だったが、元勇者が全力で脳みそをフル回転させた五秒である。

「よし、店主。ちょっと相談したいんだが、聞いてくれるか? そっちに損はさせないと約束する」

ポチとタマ。

「じゃ、今日からよろしくな」

エルムは無事、双子の購入に成功した。

どうやったかと言えば、売れ残りの樹法持ちを集めさせ、その全員に魔法を少し教えたのだ。

魔法が使える奴隷は高額であり、たとえそれが樹法であったとしても、魔法が使えるというのはそれだけでステータスなのだ。樹法の悪評があっても、魔法が使える実益は悪評を超えて価値となる。

どうせ捨て値同然だった奴隷が魔法使いになる。その差額分で双子の値下げを交渉した結果、エルムは見事に双子を購入した。

一般人が魔法を覚えるには、普通は大金を積んで魔法使いを教師として雇うか、少なくない金を払って魔法学校に入学するしかない。要するに金だ。

奴隷に魔法を教えて売値を吊り上げるだなんて誰でも思い付くが、そんな簡単にできたら誰でもやってる。

誰もが簡単にできないからこそ、魔法使いには価値があるのだ。そしてその『誰もが簡単にできない』事を、樹法に限っては簡単にできてしまう人間がいた。そう、エルムである。伊達《だて》に元勇者なんてプロフェッショナルな肩書きを持っちゃいない。

捨て値で売ってる奴隷が何人も、金貨で売れる商材に変わった。その利益を計算すれば、双子の値引きをしても利益は出せる。邪悪だと白眼視される樹法でも、万能性の高い系統なのは間違いないのだから。

そうした取引の結果ゲットした双子を連れ、エルムは風呂が使える宿屋を探して一部屋取った。そこで双子を丸洗いして新しい服を着せる。

用意した服は勿論、樹法で木材からセルロースを取り出して編み上げた物。デザインは地球基準なので洗練されている。お陰で双子の見た目はかなり良くなった。

双子は買われてからずっと口を開く事無く、延々とエルムを警戒し続けている。そんな様子も怯える猫のように見えてエルム的には可愛く思ってる。

淡い薄茶色の髪がふわふわとキメの細かい手触りで、瞳は輝かしい金色である。この見た目で激レア系統持ちの二系統《ダブル》持ちとなれば、あの値段で買えたのは奇跡的ですらあった。

「いやぁ、刃法と霊法に樹法まで持った二系統《ダブル》持ちの双子って、冷静に考えてヤバ過ぎだよな。系統ガチャのジャックポットかよ。はぁ、買えて良かったぁ～」

耳をピコピコしてる様子を眺めながら、警戒もされたまま頭を撫でるエルム。

この世界の獣人は、ライトノベルで読んだように猫だの犬だの種類がある訳じゃない。人間と同じで数種類の人種が存在するだけ。

「二人は柔牙族だよな?」

柔牙族。日本のゲーマーに分かりやすく説明するならララ◯ェルベースのミ◯ッテといったところか。大人になれば小さめの中学生くらいには成長するが、それまではずっと幼児体型で生きる小さい獣人種。

この小さな種族を可愛がってるエルムだが、別にロリコンな訳じゃない。ただ六勇者の一人に柔牙族がいて、色々あって柔牙族に好意的なのだ。

「うーん、見事な警戒心だ。なんも喋ってくれねぇ」

ロスしたクナウティア成分を双子で補おうと考えてたエルムは、まず心を開いて貰う事から始める。

面倒くささは感じるが、それも相手が猫や犬だと思えば可愛らしいものである。

半袖短パンの兄と、ワンピースの妹。その綺麗な衣服を提供したエルムに対しても、今もずっと警戒したままだ。

「まずは名前かね？　その後は飯でも食ってから帰ろうか。オッサンにも事情を説明しなきゃだし」

冒険者になってから稼いだ金は二人の購入と風呂付きの宿を取ったせいでスッカラカン。事後承諾になるが、二人の事でキース達の機嫌を損ねる訳には行かなかった。

エルムは今追い出されると、その瞬間に野宿が確定するのだ。

二人は借金のカタに売られた奴隷だが、売却時の契約が原因で名前が無くなってるらしく、そこはエルムが決める必要があった。

何をどうするとそうなるのか、法律を知らないエルムには分からないが、無いと言うのだから仕方ない。

「んー、兄の方はポチで、妹の方はタマな。今日から二人の事はそう呼ぶけど、もし嫌だったら自分で俺にそう言え。喋らないと何も分からないからな」

二人が自分の本名を主張した場合はそれを受け入れるつもりがあるエルム。だが、それも二人が喋ってくれないとどうにもならない。

「よし、じゃあ飯行くぞ。何か食いたい物はあるか？　財布の中身がクソみたいな事になってるから、あんま高い飯は食えねぇけどな。安くて量が食える場所なら数箇所覚えてるから、今日はそこで我慢しろ」

もしや、喋らないのではなく喋れないのでは？　そう疑い始めるエルムは、それでも心を閉ざされてるのも事実なのでコツコツやって行こうと決める。その第一歩はやはり飯。

生き物は、腹さえ膨れたら大抵の事に緩くなる。そういうふうにできてるのだ。

二人の反応を探って、炭水化物より肉が好きだと当たりを付けたエルムは、風呂と着替えの為だけに取っていた部屋をチェックアウトして外に出る。

（オッサンが許してくれる場合に限るが、二人には家で魔法の練習でもさせて、その間は俺が一人でダンジョンに潜って稼ぐか。ある程度使えるようになったら連れて行って、勧誘避《よ》けの壁兼荷物持ち兼愛玩《あいがん》動物にしよう。ふぅ！　三役もこなせるなんてお得じゃん！）

エルムは子供に優しいが、しかし別に良い人でもない。優しい事と優しくする事はイコールじゃない。

エルムにとって、双子のポジションは便利で可愛い愛玩動物。今のところは、それ以上でも以下でもない。

◆

未だに心を閉ざしてる双子に魔法を教えるのは難しく、エルムは二日経った今もラプリアに二人の面倒を見て貰っている。

いきなり住人を二人も増やし、怒られる覚悟はしていたエルム。しかし、ラプリアは大の子供好きだったらしく、むしろ喜んでいた。

「よろしくな、ウェルン」

その間、エルムは相変わらず借りたウェルンと共にダンジョンへ潜る。双子を買ってスッカラカンになった所持金だが、そもそもエルムは魔法学校に入学したくて資金を貯めていたのだ。その分を取り返さねばならない。

「よっと……」

ダンジョンの二層でハルニレを振り、目の前のゴブリンをなます斬りにする。元勇者が振るう国宝級の木刀は、抜群の斬れ味を持ってモンスターを絶命させた。

背後からも別のゴブリンがバックアタックを仕掛けるも、エルムは振り返る事すらせずに地面にハルニレを突き立て、地面を経由して伸びた木の枝が背後のゴブリンを串刺しにする。

地面からハルニレを引き抜けば、仕事を終えて用済みとなった枝が千切れ、あっという間に元の形に戻る。

「やっぱ、ゴブリン程度じゃ食い足りねぇな。味もうっすいし」

冒険者になって既に一週間近いが、それだけの時間でエルムは文明が進歩してない理由を少しだけ察していた。

モンスターを倒すと肉体の機能が上昇する。あたかもゲームでレベルアップするような現象がこの世界にはあるのだが、しかしダンジョンでモンスターを倒した際に得られる力の総量が、三百年前に比べて驚く程に少ないのだ。それをエルムは薄味と表現した。

（これだけ薄味になっちまったら、魔法使い達も思うように魔力量を増やせないだろ。多分これが文明が育ってない理由の一つだな）

魔力が無ければ研究も進まない。研究が進まなければ、やがてその技術は衰退して行く。そこに魔王が復活すれば、人類は手痛い被害を受けるだろう。恐らくはそのように魔王がダンジョンをデザインしたのだとエルムは推測した。

（上手い一手だな。人は資源と財宝を求めてダンジョンに潜る。ダンジョンに潜れば否応《いやおう》にも魔王復活は早まる。魔王が復活するなら人類の強化は必須なのに、人類はダンジョンに潜るくせにいつまで経っても強くならない。これならダンジョンに潜らない方がずっと良いのに）

ダンジョンに潜りさえしなければ、人類の魔力量なんてどうでも良い。魔王が復活しないのだから、魔王を倒せる程の魔力なんて要らない。

（ダンジョンでドロップするアイテムも文明の発達を阻害する一因だな。技術開発なんてしなくて

も、ダンジョンでアイテムが出て来るなら研究するよりずっと楽だ。人は楽をするのが好きだからな）

ダンジョンに潜ってからエルムはずっと思考を続けているが、それでも周囲の警戒も怠らない。探すのは何も、敵だけじゃない。金になる資源もだ。

冒険者がダンジョンで稼ぐには、資源を持ち帰る必要がある。

その資源とは主に鉱物資源や食料などだが、モンスターの素材も持ち帰れば金になる。そして価値のあるドロップアイテムが見つかれば、一攫千金も夢ではない。

それらの資源がどのようにして産出するかと言えば、階層によって違う。ダンジョンの浅い階層は森林系エリアであるが、階層をくまなく探すと鉱物資源が果実のように樹木からぶら下がってたり、木の幹に埋まってたりする。

時にはゴーレム系の魔物素材が丸ごと鉱物資源として採れたり、通称『宝箱』と呼ばれるコンテナが樹木や壁にめり込むようにドロップしたり、その形は様々だ。

「んー。やっぱ浅い階層で出る鉱物なんて銅とか鉄がせいぜいだよなぁ。ファンタジー金属なんて深く潜らなきゃ出ないんだろうし、思ったより稼ぐの面倒な仕事だな、これ」

木の幹に埋まってた鉄鉱石を見付けたエルムは、力任せに引き抜いてウェルンに背負わせた荷袋に詰め込んだ。駆け出し冒険者はこうやって金を稼ぐのが基本で、ここからプラスアルファ何かできる者が上に抜けて行く。

より効率的な採取方法を見付けても良いし、単純に腕を磨いて下層に降りても良い。ただ下層に行くなら相応の準備が必要なので、腕があっても誰彼構わず降りれる訳でもないのだが。

（…………あー、樹法を自由に使えない世の中が思ったよりも面倒だな。いっそこの風潮をぶっ壊す方が楽じゃねぇか？　どうすれば良い？　元凶であるブイズの子孫達をボコって公衆の前で謝罪させるか？）

ネットでもある世界ならそれでも効果があっただろうが、情報の広がりが遅い文明では有効な手とは言えない。しかしキレ気味のエルムは効果の程よりも相手をぶん殴りたい欲の方が強かった。

「……おっ、トレントじゃん。やったぜラッキー」

途中、上層では格段に美味《うま》い獲物であるトレントを見付けたエルムは、そのまま樹法で掌握して殺した。

植物属性のモンスターは基本的に、樹法使いには勝てないのだ。魔法で掌握するだけで即死させられる。

「荷台を樹法で作って、それをウェルンに引かせれば持ち帰れるな。…………あれ？　もしかして人造モンスターなんて使わなくても、木造の荷台を樹法で操作すれば荷物持ち《ポーター》とか要らなかったりするか？」

一つの気付きに、エルムは人知れずショックを受ける。もしこの発想をもう少し早く得ていれば、稼ぎも違っていただろうに。

◆

「昇級ですね。おめでとうございます」

「あ、そっすか」

今日も今日とて回収して来た資源を冒険者ギルドで売却したエルム。

冒険者にはランクが存在するが、それは物語によくあるような強さの指標ではなく、稼ぎの指標である。

たとえばドラゴンを倒せるような冒険者がいたとして、しかし毎回ドラゴンを討伐する際にひき肉を作ってたら素材が売れない。当然、昇級も無く最低ランクの冒険者である。

逆に、モンスター討伐が苦手な冒険者でも、資源の回収が上手くてよく稼げるならば高ランクにも至れる仕組みになっている。

エルムは未だ低階層で仕事をする駆け出しながら、襲って来るモンスターに手こずらないので探索に時間が割ける。そうすると資源の回収に使える時間が増えて、他の駆け出しに比べて多く稼げるのだ。

そのお陰で素早いランクアップを果たしたのだが、当の本人は大して嬉しそうじゃない。ランクアップを告げた受付嬢は不思議そうにするが、準備さえ整えば余裕で深層まで行ける自信があるエルムからすると、低ランク帯ならどれでも大差無いと考えていた。

（さっさと双子を育てて、より稼げる階層を目指せるようにしなきゃなぁ。いつまでも薄給じゃ、

魔法学校の入学資金が貯まらねぇ）

冒険者のランクは全部で七つ。星の数で区分される。

駆け出しはゼロ。無星と呼ばれる。位が一つ上がる度に星も増える。

そして最後は五つの白い星から黒い一つ星になり、無星、白一、白二、白三、白四、白五、黒星の七ランクが全てになる。

エルムは今回無星から一つ星に昇格したので、見習い扱いの駆け出しから一人前の新人扱いに変わる。どっちにしろルーキーだ。

無星が駆け出し。一つ星で新人、または初心者。二つ星で一人前。三ツ星まで行くとベテラン冒険者。四つ星で歴戦の勇士扱いされ、五つ星だと英雄級。最後の黒星は完全なランク外。勿論良い意味でのランク外だ。要するに人外扱いを受ける。

ランクアップする条件は二つあり、一つは一定期間にどれだけ稼げるかの平均値。もう一つは冒険者になってから稼いだ総金額。この二つを精査してランクが決定する。

ランクが上がると様々な特典があり、三つ星以上であれば登録した冒険者ギルドが所属する国のダンジョン都市に貴族用の門から出入りできる。要は順番待ちしなくて良くなる。

四つ星以上なら、同じく所属国のダンジョン都市でランクに見合った割引を受けられ、五つ星は免税を初めとした様々な優遇があり、黒星まで行くと子爵相当の貴族待遇になる。実際に子爵以下が相手ならタメ口で会話しても許される程だ。

昇格の話をサラッと流したエルムは、さっさと売却金を受け取って踵《きびす》を返す。しつこい勧誘が待っているがそれも捌《さば》いてすぐに帰宅。

ラコッテ家に帰れば、すぐに双子の様子を見に行く。魔法を教えても大丈夫な精神状態かを確認するのだ。

「ポチ、タマ。帰ったぞ」

「…………ん」

「…………おかぇ――」

一応、返事はしてくれるようになった双子を見てニッコリするエルム。しかし双子はペット扱いである。警戒していた猫が懐いて来たくらいの考えなので、もしかすると双子はエルムに心を許すべきではないのかもしれない。

声が小さ過ぎて後半が聞こえなかったタマの頭を撫で、「ん」しか言わなかったポチも「せめて挨拶はしろ。妹を見習え」とおでこをつつく。それすらも「ん」と返されてエルムか苦笑いした。

「あら、おかえりなさい」

「ただいまっすぅ〜。ガキどもは良い子にしてたかな？」

「えぇ、勿論。まだあまり喋ってはくれないのだけど、とっても良い子ですよ」

ラプリアにも挨拶をしたエルムは、そのまま双子を連れて与えられた自室に向かう。二人はエルムと同じ部屋で寝ており、ほとんど喋らないが言うことは聞くのだ。

「よし、聞け。二人はまだ俺の事を信用してないと思うが、とりあえず聞いとけ」

二人の顔色や声のトーンから、そろそろ魔法を教えても大丈夫だろうと判断したエルム。なので早速今日から魔法を教える事にした。

何故奴隷商で教えたように、二人にもさっさと教えなかったのか。

それは二人がまだ幼く、人間を信用してないから。力の使い道が分からない子供に魔法を教えると、暴力に走る可能性が否定できない。

エルムとしてはそんな子供がいても良いと思うが、下手するとその矛先がラコッテ家の二人に向かう可能性を考えると無茶ができなかった。いくら性格がクズ寄りのエルムでも、恩人の人生をすり潰して気にしない程じゃない。

◆

魔法を覚える時、人は何から始めるべきか。

魔法使いにそう聞けば、ほぼ全員が例外無く同じ事を言うだろう。

まずは魔力を感じる事。それができなければ、魔法もクソも無いのだ。

目に見えず、どこにあるのかも分からない。そんな不可視で不定形なエネルギーを知覚し、操る術《すべ》を手に入れる。そんな超難易度の技術が魔法使いの最低ラインなのだ。常人の五割はまずここで挫折《ざせつ》する。挫折しなかった五割だって全員が魔法使いになれる訳でもない。

しかしエルムは元勇者である。それも魔王とほとんど一人で戦って倒した最強の勇者であり、勇者とは例外無く魔法のプロフェッショナルでスペシャリストだ。

「良いか、痛みに集中しろ。俺だってお前たちをイジメたい訳じゃねぇ。魔法が使えるようになれば、お前たちはイジメられる側からイジメる側になれる。誰かをイジメたいかどうかは知らないが、とりあえず嫌な奴をぶっ飛ばせる力が手に入るんだ」

エルム式の魔法授業はまず、生徒の腕を小さな針で刺すところから始まる。

樹法で作った超鋭い爪楊枝《つまようじ》だが、これでもかと魔力が練り込まれた一種の呪物。

構築された術式は「魔力の反発に応じて痛みが変わる」ようになっている。要は自身の魔力で抵抗すれば、痛みが和らいで痛くなくなる。だがノーガードで食らうと大人でも泣きたくなるくらいには痛い。

ほんの少し刺しただけでも、タンスの角に小指をぶつけるくらいには痛い。

魔法とはつまり魔力なので、痛いという事はエルムの魔法が発動してる証拠である。そこから痛みという身近な感覚と魔法の影響をリンクさせる事で、魔力を感じやすくさせる。エルム独自の手法だ。

本来ならば長い時間を瞑想する事で覚醒させたり、徹底的に理論を詰め込んだりして魔力を知覚させる方法が一般的だが、エルムはそんな面倒な方法は使わない。

「どうだ、分かるか？」

「…………んっ」

「ぃたぃ……」

はたから見ると完全に児童虐待の現場にしか見えないし、実際にラプリアから苦情が入るところだった。

しかしキースもこの方法で魔力の知覚に成功していて、たった三日で魔法の初歩を覚えた実績があった。お陰でエルムはギリギリお咎《とが》め無し。

「その痛みは本物じゃない。魔法で感じさせてるニセモノだ。そのニセモノをニセモノだと見破れ。その痛みは魔力そのものなんだ」

子供の腕に何度も針を刺す。地球で見られたら言い訳の余地が無く、児童相談所も大手を振ってぶん殴りに来る光景だ。

休憩を挟みつつ、半日程そうやって訓練していたら、ポチは段々と痛みに対して怒り始め、絶対お前ねじ伏せてやるからと気合を入れ出した。

良い傾向なのでエルムはポチのやる気を褒めて頭を撫でる。しかしその頃になると、タマがしれっと魔力の知覚に成功した。

「…………ぁ、ぃたく、なぃ？」

キョトンとした顔で、プツプツと刺される自分の腕を見るタマ。その顔は本当に痛みを感じてないように見える。魔法が無くとも爪楊枝で刺されてる分は依然として痛いはずなのだが、魔法で与えてた痛みが大き過ぎて小さい痛みが気にならないのかもしれない。

「おっ、押し返せたか？　どうだ、魔力が分かるか？　自分の魔力で針の魔法を押し返してる感覚はあるか？」

「……たぶ、ん？」

エルムはタマをめちゃくちゃに褒めた。お前はなんて凄い子なんだと。こんなに早く魔力を知覚するなんて天才だ。こんな天才に教えられて自分も鼻が高いぞと、とにかく褒めまくった。

自分が何かを成し遂げた。実績を挙げた。その成果を褒められるという感覚が初めてだったのか、タマは初めて反応らしい反応を見せて、顔を赤くしてうにゃうにゃと体をよじる。最後は恥ずかしそうに両手で顔を隠してしまった。

しかし、そうなると面白くないのがポチだ。妹は成功したのに、自分はまだ。双子としてずっと一緒にやって来たのに、自分だけが何もできてない現状も初めての経験だった。

妹に負けられないと思ったのか、しまいにはエルムから針をひったくって自分の腕をチクチクし始めた。

「おお、やる気満々だな。ポチも偉いぞ～！　普通の子だったらそこで諦めちゃうだろうな。つまんないし、クソ痛ぇし、全然楽しくないもんな。それでも頑張れるポチは凄い奴だなぁ」

エルムはすかさずポチも褒め倒す。当のポチは「ぜ、全然嬉しくないけどね？　別に？　このくらい？　普通だし？」と雰囲気で強がる。とても微笑ましい授業風景だった。針で刺しまくる内容は完全に児童虐待なのだが。

こうして夕方までには二人とも魔力の知覚に成功し、次の授業は明日になった。

そして翌日、極々初歩の樹法を身に付けるところから始る。

二人は今、やる気に満ち溢《あふ》れている。何故なら魔法が使えるようになる事より、頑張ったらエルムが死ぬ程褒めてくれるから。双子は、褒められたのがとても嬉しかったのだ。

「俺が樹法を教える場合に限るが、ここまで来れば後は楽勝だぜ。コレを使って【発芽】の練習をするだけだからな」

そう言ってエルムが取り出したのは、触媒として使ってる樹法の種だ。様々な植物の種を樹法によって改造した物で、薄茶色に変色したレモンの種みたいな物を一粒ずつ双子に手渡す。

「俺が調整した触媒だから発動自体はかなり楽なはずだ。それに魔力を一定量送り込めば勝手に【発芽】する。それを繰り返せば、魔法が構築されて行く感覚を覚えられるから、その後に触媒じゃない普通の種でも同じ事ができれば成功だ」

元勇者が芸術レベルで術式を構築した触媒だ。樹法の発動と構築を補助する魔法がギッチギチに詰め込まれ、魔力が詰まったサブタンクとしての役割も持った『魔法を発動させる魔法』の種。

これを使えば、樹法持ちに限りどんな素人でも魔法使いになれてしまう。ある意味で禁忌のアイテムだった。

魔力を知覚し、次に自身の魔力を掌握して動かす。この初歩さえできれば触媒が補助をして【発芽】が発動する。その日は半日程で二人とも成功した。

「んっ！　ん〜！」

「でき、た……？」

「よしよし、二人ともえらいぞ。ちゃんと魔法が使えたな？　これが魔法だぞ。二人とも今日から魔法使いだぞ？」

魔法使い。それはエリートの代名詞であり、ルビを振るならば魔法使い《かちぐみ》となる程に分かりやすいステータス。

奪われ、虐げられ続けた双子にとって、初めて与えられた『力』そのもの。そしていっぱい褒めて貰える。

双子の目が変わった。諦めを湛《たた》えたその瞳にこの瞬間、明確に火が灯《とも》った。

そして感極まった双子は、力をくれたエルムに力いっぱい抱きついた。

「……おおッ？　なんだなんだ、とうとうデレたのか？」

尻尾《しっぽ》まで絡めて『二度と放さねぇ！』と全身で主張する、とても力強いハグだった。

だが自己主張に慣れてないのか、時折「……怒らない？」とエルムの顔色を確認するようにチラチラと様子を窺う双子。

エルムは「やっとペットが懐いたぞ！」と喜んでるので全く問題無い。ピカ〇ュウが懐いた時のサ〇シはこんな気持ちだったのかとエルムは納得する。多分違う。

抱きついて顔をスリスリして来る双子が可愛くて、エルムは時間の許す限り撫でまくって甘やかす。

「ふふ、こんな時の為に準備しておいたんだぜ……！」

エルムが威勢良く取り出したるは、一本のブラシ。そう、エルムは二人にブラッシングがしたかったのだ。ペットを可愛がる基本と言えばやっぱりブラッシングだろうと、そこそこ良い物をキースから買っていたエルム。

「よーしよしよし……」

二人の髪は勿論、尻尾も耳も、もふもふ要素は全て丁寧にブラッシングして行く。怒られるかもと少しの怯えがあった双子も、ようやく理解に至る。


――このひとは、うばわない。


ただそれだけの事で、やっと双子は心の鍵を開ける。ガッチガチに施錠していた心は、錆《さ》び付いて開かなくなった扉は、少しずつ軋《きし》む音を立てながら開いて行く。

「…………おにぃ、ちゃ」

「……んっ」

「よーしよしよし…………！」

その日の夕食時には、エルムに甘えまくる双子を見たラプリアの幸せそうな「あらあらあら♪」がずっと聞こえていた。

◆

エルムが王都に来てから、二ヶ月近い時間が経過していた。

目的であった魔法学校の入学試験が目前に迫る中で、エルムは双子を連れた冒険者稼業でラストスパートに入っていた。

「良いぞ、人造モンスター《サーヴァント》の制御はまぁまぁできてる」

「んっ！」

「……………ぇへへ」

エルムにとって双子は樹法を使うに当たっての隠れ蓑であり、仮にエルムが樹法を使ってるのを見られたとしても、「え、この子達の魔法ですよ？」としらばっくれる為に購入した奴隷である。

今では可愛らしい自慢のペットとしての意味合いが強い。しかし本来は人から見た時にパーティを組んでるように見せる為に二人を買った。そうすれば勧誘が減るだろうという打算の下、エルムは二人を購入したのだ。

なのでエルムは、二人に教える樹法の方向性を絞って教育していた。具体的に言うと人造モンスターを生み出して操る魔法である。

エルムが特に好んで使ってる魔法だけあって教える方も力が入り、元勇者から全力の教育を受けた二人は急速に魔法を覚えて行った。

使う魔法も、いつまでも『人造モンスター』じゃ色気が無い。そう考え、それと二人のやる気を出す為にも、エルムは魔法に『サーヴァント』と名付けた。あたかもカッコイイ魔法感を演出して双子のやる気を引き出す為に。

「二人はまだ魔力量が少ないし、体も小さい。いや体の大きさは柔牙族なら当たり前だし仕方ないんだけど、自分の体で戦うにはまだ不安が残る。でもサーヴァントを上手く扱えれば、体の大きさなんて関係無いからな。敵がデカイならこっちもサーヴァントをデカくすれば良い」

流石にまだ触媒を自作できる程の高みには至ってないが、十分に『魔法使い』を名乗っても良いレベルに達した双子。エルムに連れられてダンジョンへ入り、モンスターを倒す事で魔力量の強化にも勤しんでいる。

当然、訓練による魔力量の増加も並行して行っているが、レベルが低いうちはモンスターを倒した方が効率が良いので冒険が優先された。魔力量さえ増えれば、大型のサーヴァントを使って荷物持ち《ポーター》の仕事も十全に行えるから。

「ほれ、次のモンスターだぞ」

「……んっ！」

「たぉ、す」

エルムが与えた触媒の種で双子が生み出したサーヴァントは、地球で言うところの柴犬《しばいぬ》サイズの獣型サーヴァント。一人で二匹ずつ操り、ゴブリンをボッコボコにしている。

(実力が上がれば樹法で毒でも作って戦えるんだが、それはまだ流石に望み過ぎかね)

攻撃が成功した時点で相手の体内に毒や種を残して内側から殺す一撃必殺は、勇者並みの魔法技術があって初めて可能となる。エルムもいつかは二人をそのレベルまで育てたいと考えるが、一朝一夕で身に付くものではない。なんなら人生を全部使ってやっと届く領域だ。

（よしよし、樹法はもう基礎レベルを超えた。二人とも筋が良い。後は俺が知ってる基本の基本しかできない刃法と霊法も教えて終わりかな？　そこまですれば、雑用を任せる奴隷《ペット》としては十分過ぎるスペックになるだろ）

　エルムは樹法特化の元勇者だが、基礎程度なら全部の系統を扱える。本当に基礎しかできないが、基礎すらできてない初心者に教えるならば問題無い程度には魔法に精通している。

（ポチは樹法と刃法を組み合わせて木刀《ハルニレ》で戦うスタイルだよな。タマは霊法でそのままパワープレイか？　系統だけ見たら、俺より強くなりそうだよな）

　樹法自体がそこそこレアな系統で、二系統持《ダブル》ち自体もレアである。そこに刃法と霊法なんてレア中のレアを持った双子。確率のジャックポットみたいな存在だ。

　借金のカタに売られたなんて信じられない程の豪運である。むしろそれだけ神引きをしてるから親ガチャを外した可能性まで存在する。

（まぁ俺も転生した勇者なんて激レアだしな。人生ガチャ神引きだと思えば、俺が親ガチャ外したのも納得か。そう思うと案外俺と双子は似た者同士なのか。こんなクソみたいな共通点は双子も喜ばんと思うが）

　ダンジョンの三層。そんな事を考えながら、段々と強くなるゴブリンを双子に狩らせ、戦いを指導するエルム。

　この階層は底辺冒険者のボリュームゾーンでもあるので、少し気配を探ればその辺に同業者がチラホラといるのが分かる。

（……誰かに見られてるな。めんどくせぇ、さっさと浅層抜けてぇわ）

周囲の人間さえ減れば、人を気にせず樹法が使える。ダンジョンは深く潜る程に人が減る。つまり、今のエルムはダンジョンを潜れば潜る程に実力が解放されるイベントキャラのような仕様になっている。

（テレポートなんて便利なシステムが無い以上、大量の物資を運べる体制を整えないと深く潜れねぇもんな。……入学試験も近いし、最悪はオッサンに金借りるかなぁ）

魔法学校に入る為必要な入学金は金貨十枚。その後は年に金貨五枚の学費が掛かり、最短三年で卒業しても金貨二十枚が必要になる。

本当なら二十枚じゃ計算が合わないが、初年度は入学金で賄われる為に金貨五枚の学費は必要無い。なので三年で金貨二十枚で合ってる。

（人間、生きるのに金を必要とし過ぎだろ）

エルムはギリギリ金貨十枚を稼ぎ終わっている。だがそれを払ってしまうと、手持ちの金がほぼ消える。

ラコッテ家の世話になるなら、家賃なども要らないのでそこまで金は掛からない。しかし、残念な事に魔法学校は全寮制だった。

しかも寮費は入学金とは別扱い。つまり入学金だけでは実質足りないのだ。それに食費や雑費も自腹なので、それも稼ぐ必要がある。

貴族も多く通う学校なので使用人を入れる事は許されている。だから奴隷である双子を連れて行くのは問題無ぃ。しかしそれなら双子分の生活費も必要になるので、今のままだと『入学はできても生活できない』状況だ。

要するに、元勇者も稼がねば食えぬ。

「…………よし、明日からはもう少しドに潜るぞ。荷物をたくさん持って貰うから覚悟しとけ?」
「んっ、わかた」
「がん、ばぅ……!」

双子に明日の予定を伝えながら、エルムはハルニレを地面に突き刺す。双子の意識外で小さな悲鳴が聞こえたが、それを認識したのは悲鳴を上げた本人とエルムだけだった。

(クソうぜぇな。今更この俺が、そんな下手くそな弓でバックアタック食らう訳ねぇだろ)

ここ数日、稼ぎが一気に増えたエルムを狙ったお行儀の良い冒険者が増えており、今も遠くからエルムを弓で狙っていた冒険者を、エルムが遠隔で殺したところだ。

エルム一行は全員子供であり、最年長のエルムでも十二歳。双子は十歳にも届かない幼子である。それが大金を稼いでるとなれば、当然そういった行動に出る者も増える。

利用して稼ごうにも、エルムは勧誘を全て断っているので、こうして暗殺して稼ぎを奪うくらいしか手が無いのだが、その手の行動に出た者に対してエルムが容赦する事は一切無い。

何せ、前世は裏切りで殺されたのだ。もう二度と後ろから刺されたくないエルムは過敏に反応し、少しでも怪しければその時点で殺す。酌量の余地があろうとも殺す。

どうせダンジョンの中では証拠なんて残りはしないのだから。木の槍《やり》で串刺しにして、乾涸《ひから》びて朽ち果て消えるまで植物の養分として絞り切ってから殺す。

天日に干されたミミズのような死体が地面に転がってても、あっという間にダンジョンに呑まれて消える。

(全周が植物に囲まれた場所で、樹法使いに勝てると思うなよクズどもが)

◆

翌日。サーヴァントに引かせる荷車を二つ用意したエルムは、キースの伝手《つて》で保存食を買い込んで準備をしてダンジョンに向かった。荷物は双子に任せてある。

「入学試験は六日後だから、四泊五日で帰って準備するぞ」

既に入学金の金貨十枚と願書は提出してあり、六日後の昼に試験がある。それまでに追加資金を頑張って稼ぎ、足りなければキースに借りるというプランでエルムは行動している。

牛型のサーヴァントが引く荷車には水と食糧だけ積んであり、その他の物は全て樹法にて賄う予定だ。

そも、エルムが本気だったなら食糧自体も樹法で用意できるのでもっと早く遠征に行けたのだが、本人としても植物性の食べ物しか口にできない状況は避けたいもので、その為にやはり準備は必要だったのだ。なので準備された食糧のほとんどは干し肉や腸詰め肉である。

「二人はサーヴァントの操作にだけ注意してろ。他の雑事は全部やっといてやる」

今は牛型サーヴァントも双子が操作してるが、まだ魔力が多くない初心者魔法使いの二人がずっと魔法を発動できる訳も無く、限界が来たらエルムが交代する予定だったりする。

要はエルムが魔法を使っても、樹法の持ち主は双子だと言い訳できれば良い。双子は奴隷であり、主人の命令で奴隷が樹法を使う分には世間の目も緩くなる。

(魔法を学び終えたら、さっさと国を出た方が良いかね。流石に全ての国で樹法を迫害なんて事は無いだろうし、ブイズの影響が強い国だけ、……だと思いたいな。でも五人全員が裏切ってると考えると望み薄か?)

明確に裏切ったのは剣の勇者だけだが、その行動を咎めない時点で残りの四人も消極的には裏切ってると考えられる。下手したらブイズを手伝ってた可能性すらあるので、今のエルムは共に旅をした五人の全員を疑ってる。

正直なところ、エルムは裏切られた事自体、言う程気にしてない。だが思いっきり樹法を使えない世の中になってる事だけは相当にムカついている。

いや、そもそもブイズを永劫《えいごう》許さない事は確定的に明らかだが、他の四人についてはもうどうでも良いと考えてる。目の前にいたら全員ぶん殴る所存だが、今はただ樹法が使いにくい世の中がひたすらにムカついているのだ。

(なんで世界救ってやったのにこんな仕打ち受けんだよ。今更ながら腹立って来たぞ)

そのうち何か、こんな世の中に仕返しでもしてやろうか。そんな事を考えながら、エルム達は一日かけて五層まで降りて来た。

五層は二つ星から三ツ星の冒険者が訪れるような階層であり、そんな場所に子供が三人もいれば当然目立つ。

ダンジョンの階層移動は基本的にスロープをゆっくりと降りるのだが、その先は簡易的な安全地帯である事が多い。その場所に階層ごとのセーフキャンプのような物が作られるのだが、五層にやって来たエルム達はキャンプにいる冒険者の視線を集めに集めた。

「…………なんだ、あのガキ？」

「アレだろ、最近稼いでるって噂の子供じゃねぇのか」

「そんな噂あんのか？　最近地上に帰ってねぇから知らなかったわ」

冒険者はダンジョンで稼ぐ者であり、ダンジョンでより多くを稼ごうと思えば深く潜る必要がある。そして深い階層に行くには時間がかかり、また帰って来るにも時間がかかる。なので冒険者の中には滅多に地上に帰らず、ほとんどセーフキャンプに住み着いて稼ぎ続ける者も少なくない。

超長期遠征でガッツリと稼ぎ、たまに帰って換金する。もしくは換金用の人員だけ地上に向かわせて、その時に補給も行う。

そんな生活をしてる冒険者は地上の噂など知らずに過ごすので、素人では絶対に辿り着けない領域である第五層に降りて来た三人の子供が、やけに気になるのだった。

それだけじゃない。明らかに魔法としか思えない物体が荷車を引いてるのが見えてるので、魔法使いなのは見ただけで分かる。魔法使いとはエリートなので、冒険者の中にもそう多くはいない。ここよりもずっと深い階層に潜る手練《てだれ》の中に何人かいる程度だ。

冒険者になった魔法使いは基本的に低ランクをあっという間に駆け抜け、すぐに深い階層へと行ってしまう。なのでこんな中堅の階層にいる魔法使いは珍しい。それが子供ならなおさらだ。

「おうボウズ達、ランクは？」

「人に尋ねる時は自分から晒《さら》せよオッサン。名前も知らねぇ奴に誰が教えんだよ頭悪ぃのか？」

気の良さそうな冒険者が一人、エルム達へと気さくに声をかけた。だが返って来た言葉は刃が欠けたギザギザのナイフの如きカウンターだった。

「あっはっはっは！　そりゃそうだわ！　いや悪かったな。俺は三つ星のベルンってんだ。よろしくなボウズども」

しかし軽く煽られた冒険者は怒る事も無く、普通に会話を続けた。エルムと違って人間性が善人寄りだったのだろう。

「ふーん。……まぁ良いか。俺は一つ星のエルムで、後ろの二人はポチとタマだ。数日はここで過ごすから、まぁよろしく」

エルムの後ろに隠れてた双子は、顔だけ出してペコッと頭を下げた後にササッとまた隠れてしまう。実に小動物チックな動きで、ベルンは微笑ましい気持ちになった。どうやら子供好きらしい。

「ほぉ、一つ星で五層に来たのか。後ろの牛は魔法か？」

「まぁな。この二人は樹法使いなんだ。それより、どこか空いてる場所はあるか？」

エルムはさらっとベルンの印象を操作した。こうやって伝えれば、以降に使われる樹法の全ては双子の魔法だと思われるだろう。

双子が樹法使いなのは事実であり、エルムも双子の系統を伝えただけで嘘は一つも無い。

「おう、だったらあっちのガズランとこの隣が空いてるぜ。ガズランは手が早ぇ《はえ》奴だから、気をつけな」

「あいよー」

数多の冒険者に見られながら、エルムは教えて貰った場所に向かって準備を始める。と言っても、テントなどは持ち込んでおらず、全てを樹法で賄うので大々的に樹法を使用する。

勿論、樹法を使ってるのは双子だという体《てい》で魔法を発動するので、周りの冒険者も多少嫌な顔をするだけで何も言って来ない。

双子が魔法を使ってるフリをしつつ、周辺に生えてる木を使って維持費の掛からないツリーハウスを一棟仕上げる頃には、冒険者達から送られる視線も大分減っていた。

「おうおう！　随分立派な寝床じゃねぇの！」

しかし減っただけでゼロにはならなかった。

「………なんか用かよオッサン」

ツリーハウスが出来上がると、少し離れていたベルンがまたやって来て声を上げる。魔法に縁が無いランクの冒険者からすると、目の前であっという間に家が出来上がるのを見れば騒ぎたくもなるのだが、声までかけて来るのはベルンが持つコミュ力が故だろう。

「なぁ、中はどうなってんだ？　見ても良いか？」

「あんたは知らない奴に家の中を見せろって言われて見せんのかよ。随分とお行儀が良いんだな」

「いやいや、だってコレは気になるだろうが！　いやすげぇな、木の上に家が載ってるだけなのに、なんかワクワクしやがるぜ！」

確かにツリーハウスには男心を擽《くすぐ》る秘密基地的なワクワク感がある。少年のハートを忘れないタイプの男ならはしゃいでしまうのも無理は無いのかもしれない。

「なぁ、金は払うから俺達の分も作ってくれって言ったら、作ってくれるか？」

「はぁ？　そのご立派な天幕《テント》があるだろうよ。ウチの奴隷だって魔力は有限なんだぞ」

「そこをなんとかさぁ、ならねぇか？　なんだったら食料も付けるぞ。このセーフで作った魔物肉の燻製肉《ベーコン》だ」

断ろうと考えていたエルムだが、不意に裾を引かれて止まる。見れば双子が「お肉……」といった顔でエルムを見ていた。どうやらベーコンが食べたいらしい。

「…………ベーコンの出来次第だな。マズかったらコッチが損する」

「そこは任せとけ！　五層のトレントは燻《いぶ》すのにちょうど良い香りなんだよ！　味は保証するぜ！」

◆

ダンジョンにある空は地上のそれとリンクしており、朝は明るく夜は暗い。

エルムがイメージする冒険者とはモンスターを狩り、金を稼ぎ、その金で酒を飲んで女を抱く。そんな粗暴な印象が強いが、この世界の冒険者はそんなイメージと違《たが》わぬ存在らしく、夜になればパーティ単位で集まって持ち込んだ酒を飲んで騒いでいる。

（こんな場所で騒げばモンスターに襲われそうな気がするけど、スロープの出口は多分本当に安全《セーフ》地帯《ゾーン》なんだろうな。階層移動した瞬間に襲われるような場所なら攻略に慎重な意見が出るだろうし、そうなると魔王の思惑から外れるもんな）

魔王は冒険者に死んで欲しい。死んで魂を提供して欲しい。しかしあまりに悪辣《あくらつ》なダンジョンにデザインすると、誰も入って来なくなる可能性もある。

だったらある程度は入りやすく、攻略しやすいようにデザインしてどんどん奥に進んで貰い、深い階層でより強いモンスターに殺して貰う方が効果的だ。

（まぁ入りやすさだけなんだが）

ダンジョンからの出やすさまでサポートしてしまうと、無駄に冒険者の生存率が高まってしまう。だからセーフゾーンは作ってもテレポートは作らなかったんだろう。魔王とマブダチだったエルムはおおよそ正確にダンジョンのシステムを理解した。

「おいボウズ、これも食え！」

「いやだからコッチ来んなよオッサン。仲間《パーティ》はどうした」

「アイツらと酒飲んでもつまんねぇんだよ！　ツマミをちまちま食ってひっそり酒飲む奴ばっかだ！」

「俺もそれが一番美味い酒の飲み方だと思うぞ。と言うか子供に酒を勧めんなよ。もしかして俺たち初対面なのご存じない？」

ツリーハウスの外で食事をしていると、当たり前のようにベルンが絡んでくる。

「良いじゃねぇか減るもんじゃねぇし。ほれ、そっちのチビ達も食え食え、特製の燻製《くんせい》だぞっ」

「あ、おまっ、邪魔すんな！　双子は今訓練中なんだよ！」

テーブルも椅子《いす》も樹法で用意した食事の席だが、ポチとタマは料理に対して直接手を使わず、樹法によって操る触手で食器を使う練習中だった。

魔法の制御と出力の安定を同時に行う訓練方法で、当然ながらエルムの指示だ。

「…………むじゅかしぃ」

「んん〜〜……！」

木のテーブルから生えるツタがナイフとフォークをくるりと掴《つか》み、それを慎重に動かして皿の上のベーコンを切り分けて行く。一口食べるだけでも汗だくになる厳しい訓練だが、エルムの指示に従って訓練すると夢のような力がいくらでも手に入ると知った双子は素直に従っている。

「チビ達もすげぇもんだよな。こんなに汗かいて、魔法を使うってのは本当に大変なんだなぁ」

「じゃなかったら今頃、そこら辺に魔法使いが転がってるだろうよ。大変な技術だから使い手が少ないんだぜ」

「そりゃそうだ。こんな奴隷なら俺も欲しかったぜぇ」

「高かったけどな」

もはや追い出すのを諦めたエルムは、普通に対応する事にした。ベルンも多少迷惑ではあるが、悪辣な人間ではない。

双子は人見知りなのか警戒は解かないが、そもそも三つ星程度に襲われたとしても捻り殺せる自信がエルムにはある。元勇者は伊達じゃないのだ。

「美味いか？」

「んっ、ぉいし……」

「ぉにぃちゃ、おりょーり、じょーず……」

食事そのものは大変だが、作られた料理には満足している双子。魔法をリアルタイムに制御する大変さに汗だくになってるが、その表情は明るかった。

「…………可愛いな」

「だろ？　つい構いたくなる」

「片方くれよ」

「ぶっ殺すぞオッサン。この双子が一緒にいるから良いんだろうが。片方くれとか、お前なんも分かってねぇな」

「ぐぬぅ……」

双子の頭を撫でながら「何故これが分からん？」とでも言いたげな顔でエルムが見れば、ベルンも「背に腹はかえられねぇだろうがぁ……」と唸《うな》る。二人とも欲しいけどどうせ無理だから片方だけでも、という妥協案だったらしい。しかし片方でも無理なのだ。

「――――チッ！　ぺちゃくちゃうるせぇぞガキども！　ままごとなら外でやれ！」

　まぁまぁ楽しい時間をエルム達が過ごしていると、隣のスペースからそんな怒鳴り声が聞こえて来た。

　何事かとエルムが視線を投げると、そこにはテントの前で干し肉を齧《かじ》ってる三十代程の冒険者がいた。

「どうだ、美味いか!?　ポチはたくさん食べれて偉いなぁぁあ！　タマも綺麗に食べてて凄いぞ！　二人ともなんて賢いんだッッ！」

　相手をチラッと確認したエルムは、そのまま無視をして、さっきよりも大きな声で『おままごと』を始めた。当然、相手を煽る為である。

　相手もそれが分かったのか、更に大声を出そうとするが、それよりもエルムの口が回る方が早かった。

　エルムにとって煽り行為とは呼吸よりも簡単で自然な行いなので、『思考する』というプロセスを挟む必要が無いので行動が早いのだ。

「いやぁホント偉い！　他にも騒いでる奴はたくさんいるのにわざわざマウント取れそうな子供にだけ怒鳴るどっかの雑魚とは違って、食事の時間でさえ魔法の練習をしてる二人は偉過ぎるなぁ！　実にストイックだ！　イラついたら子供に怒鳴っちゃうようなゴミカス冒険者とは出来が違うよな！　あ、ちょっとそこの人離れてくれます？　ウチの子にクズが移っちゃうんで」

すぐ傍でベルンが「んぶっ……！」と噴き出す声がして、その少し遠くからブッチンと何かが切れる音がする。

「上等だクソガキャァァアッ！」

「はっはぁ！　煽り耐性ゼロかよテメェ！　恥ずかしい奴だなぁ！　オッサン、ダンジョン来るより地上で子供相手にチャンバラしてイキってる方が似合ってるんじゃないかぁぁあ!?」

エルム絶好調。最近煽れる相手がいなかった為にフラストレーションが溜まってたのかもしれない。

「ぶっ殺し――――」

「はい遅ぉい！」

立ち上がって武器を抜こうとする男は、しかし元勇者の反応速度には勝てなかった。

樹法の使用を控えてるとは言え、エルムは戦いの申し子だ。そんな相手に『武器を抜く』という動作を挟む男は、あまりにも遅過ぎた。

エルムは刃法の初歩である魔力の刃を生成し、小さなナイフを生み出す。それに燐法を絡ませて『燃えるナイフ』に昇華した後、そのまま飛ぶ斬撃としてナイフを射出。最後に扇法による追い風を吹かせた。

一瞬で構築された多数の魔法が絡み合い、ナイフが刺さったところから燃え上がって風が煽る。

男は抵抗する暇も無くあっという間に火達磨《ひだるま》へとジョブチェンジ。再就職おめでとう。

その様子を見ていた双子は、「お兄ちゃんがなんか凄く凄い事をした！」とキラキラのお目々でエルムを見た。

「いぎゃぁぁあああぁぁあぁぁあ熱《あづ》ぃいいいいいいいいあああぁッッ!?」

人が一人、盛大に燃え上がる。普通に大惨事であるが、誰も助けようとはしない。むしろ酒の肴《さかな》として楽しそうに眺めてる。

「はっはっは燃える燃えるぅ〜！　やっぱ木材と一緒で中身スッカスカな奴は火の回り早いんだよなぁ！　もうちょっと頭に物詰まってた方が良いんじゃねぇの〜!?」

火を消そうと地面を必死に転がる男に、エルムはボカスカと蹴りで追撃を入れる。地味に霊法によるバフで打撃の底上げをしつつ、徹底的にストンピングで痛め付ける。

「ふぅ、こんなもんで良いだろ。おーいタマ、ちょっとこっち来い」

呼ばれたタマはビュンッと駆け出す。エルムの指示より優先すべき事など何も無い。一瞬でエルムの傍まで行く。

一方、残されたポチは呼ばれなかった事でしょんぼりする。エルムは後で構ってあげようと誓う。

「ほらタマ、分かるか？」

エルムは燃やされた挙句ボコボコにされた男を使って、タマの勉強を開始する。

「…………わかゅ」

エルム曰《いわ》く、「資源は有効活用しなきゃな！」との事。良い笑顔でそう言い放ったエルムによって、男はタマの教材にされる。

タマは樹法と霊法のレア系統の二系統持《ダブル》ちだが、生憎《あいにく》とエルムは霊法に詳しくはない。初歩は扱えるが、それ以上を教えるとなると勉強する必要がある。

そこに現れた『新鮮な怪我人』だ。しかもいくら傷付けても良い相手となれば、擦り切れるまで利用されるに決まっている。治療に失敗しても困らない。

こうやるんだぞとお手本を見せながら教えるエルムだが、刃法はまだしも霊法の方は自身もかすり傷を治せるくらいの出来でしかない。教える側もなかなかに苦戦を強いられていた。

ちなみにポチはエルムから先程の刃法を教わって練習を始めた。

「ボウズも魔法使えたんだなぁ」

「まだいたのかのオッサン。二人に教えたのは俺なんだから当たり前だろ？　一応、全系統使えるからな」

樹法使いは双子だと布石を置いといたエルムは、隠れ蓑を存分に使って喋る。自分が全系統を使えても、あくまで樹法使いは双子だと。

「…………なぁ、俺も教えて貰ったりできないか？」

「別に構わないが、金は取るぞ？」

魔法は本来、大金を積んで教わるものだ。魔法使いも大金を使って学んだものなので当たり前である。

「ちなみに、いくら？」

「初歩しか教えられないけど、最低でも金貨は取るぞ」

一年でしっかり学べる魔法が入学に金貨十枚。年単位の学費に金貨五枚である事を考えれば、初歩とは言え試験も無くその場で教えて貰えるならばボッタクリ価格とは言えない微妙なラインである。

エルム的には嫌なら他で学べと言うだけの話だ。断られても困らない。

「待ってくれ！　ベルンが教われるなら俺もダメか⁉」

「ちょ待てぃ！　だったら俺も！　型法なんだけど教えてくれないか⁉」

「せ、扇法って初歩でも冒険に使えるかしら……？」

そんなやり取りが聞こえてたのか、騒動を見ていた他の冒険者も集まってちょっとした騒ぎになった。

「待て待て待て、来過ぎ来過ぎ！　うちの子が怖がってるだろ！」

あっという間に囲まれるエルムは双子をダシにして回避する。

最終的に、一人当たり金貨一枚で地上に帰るまでの間だけ基礎を教える事にした。

何気にこれで金銭問題が解決した。寮費と生活費さえ稼げれば良かったので、一気に十枚近い金貨が手に入ったのなら目標達成なのだ。エルムは金稼ぎのプレッシャーから解放された。

そして翌日。

「じゃぁ、まずは配った針で自分をちまちま刺してくれ。魔法によって強制的に痛むようにしてあるから、つまり痛み＝魔力なんだ。魔力を上手く感じれるようになったら次に移る。痛みはかなりキツいが、魔力で押し返せるようになると痛くなくなる。ちなみに痛くて諦めても金は返さん」

双子にもやらせた方法を参加者全員にやらせるエルム。針は樹法で生み出したが、色は木目も見えない程に真っ黒なのでバレにくい。材質もいつも通りリグナムバイタがベースなので、普通の木材より重いし手触りも鉄に近い。

針の訓練はチクッと刺しただけでタンスの角に小指をぶつけたような痛みが生まれるので、早速試し始めた冒険者達が「痛《い》ってぇええええ!?」と叫ぶが、エルムが双子を指差して「この子達はそんな情けない声あげなかったぞ？　お前、幼児以下なのか？　ダッサ………」と煽れば皆黙って耐え始めた。

授業の金額が金額なので、当然参加できない者もいる。しかしそういった者は普通にモンスターを狩りに行くので気にならない。

「ぐっ、うぐぅ……！　チビ達は、この痛みに耐えたのか……!?」

「悲鳴どころか、呻き声さえほとんど上げなかったぞ。根性が違うよなぁ」

得意げに胸を張る双子に、ベルンは仄《ほの》かな尊敬を向ける。何故なら本当に痛いのだ。死ぬ程じゃないが、刺す度に同じだけ痛む。

たとえるなら、それは自分からタンスの角を何度も蹴っ飛ばして小指を痛め付けるような所業だ。本当ならうずくまって呻きながら涙を零してもおかしくない。

「ほ、他に方法は………？」

あまりの痛みに目を真っ赤にした別の冒険者が泣き言を言うが、エルムは冷めた目で見返し悲しい事実を口にする。

「当然、あるぞ？　半年くらいかかる方法とかさ。まぁ俺は数日で地上に戻るから、それまでに魔力の知覚に成功しないと金貨一枚を捨てた事になるけど、どうする？　そっちにするか？　俺はそれでも構わんぞ」

当たり前だが、緩く優しい訓練なら時間がかかる。目に見えないエネルギーを感じれるようになる事は、思うよりずっと大変なことなのだ。

「そんな簡単に身に付く技術なら、もっとたくさん使い手がいるに決まってるだろ？　大金を払ってこんな訓練までして、それでも確実に覚えられる訳じゃないから魔法使いって職は重用されるんだろうが」

極当たり前の事実である。楽に覚えられるなら、世の中には魔法使いが溢れかえっている。そうなってないなら、それが答えなのだ。

「くぅ……、小さな子が使ってるからって、甘く見てた……！」

実際に甘く見ていたのだろう。女性の冒険者は軽く腕にチクッとするだけで苦痛に呻く。大人でもこうなのだから、エルムが課した訓練を黙々とやってる双子がどれだけ頑張ったか分かろうものだ。

「この二人は本当に根性あるんだよな。どんな訓練やらせたって、泣き言一つ言わないでずっとやってるぜ？」

「…………んっ♪」

「ぇへへっ」

五層のセーフゾーンにいた冒険者は全部で二十人程。そのうちの十三人は魔法の授業を受けたので、金貨十三の稼ぎである。もうあくせくとモンスターを狩って資源集めをしなくても良い。

（もしかして、冒険者やるより魔法の教師やった方が稼げたか？）

魔法学校。

ダンジョンで稼ごうかと思ったら、魔法の教師をして稼いでしまったエルム。

「んっふふ〜」

「…………キモッ」

「おい！　流石に直接の罵倒は止めろよ！」

仕事を終えた帰り道。ダンジョンの外まで送って行くと言うベルン達のパーティと共に地上を目指すエルム達。

その道中、ベルンパーティのメンバーは確かに使えるようになった魔法をちまちまと試しながら、上機嫌で歩いていた。

ベルンパーティは全員で四人いて、ベルン、ジェイド、マッペル、そして紅一点のルミオラ。ベルンとジェイドが燐法で、マッペルが泓法。紅一点ルミオラはなんとレア系統の霆法だ。

燐法は火属性。泓法は水属性。霆法は雷属性である。見事にエレメント系の属性に固まったが、元々確率で言うとエレメント系が一番出やすいのだ。

覚えたての燐法で手のひらから炎を生み出し、剣に纏わせて「魔法剣！」とはしゃぐベルンは子供にしか見えない。見た目は三十代なのに。

「まぁ、基礎でも冒険に使えそうな系統で良かったな。特に泓法なんて、ダンジョンの中でも水が好きに出せるんだから重宝するだろ?」

「ああ、本当に助かるよ。ありがとうエルム君」

「霆法も、ちょっと使うだけでもモンスターに隙《すき》を作れるものね!」

「実際に霆法は強力な属性だしなぁ。あんたは槍使いだっけ? モンスターをついて電気流すだけでも結構効くだろうよ」

地上に帰るまではベルンパーティが試し斬りのチャンスを最大限に使って護衛するので、エルム達はとても楽に帰れた。

「じゃ、またな。もう会わないかもしれないけど」

「そんな事言うなよぉ! また魔法教えてくれよぉ!」

地上に出た時点で別れを告げ、エルムはさっさと帰ろうとするがベルンがグズる。元々ウザ絡みの片鱗《へんりん》が見えていたが、少し仲良くなるとコレである。

「いや、暇だったら金次第で教えるけどな。そもそも俺、魔法学校に入るから冒険者の仕事は頻繁《ひんぱん》に行けねぇんだよ」

「あ、そうなのか」

「だから単純に会う機会が無いってこと。示し合わせて行くならまだしも」

そこでベルン達と別れたエルムは、双子を連れて真っ直《す》ぐ帰る。今回の仕事ではほとんど資源を回収せず、魔法を教えることで直接現金を稼いだのでギルドに行く意味が薄かった。

そして予定通り試験の一日前に帰ったエルムは丸一日を休息に当て、その翌日に試験へと臨んだ。

魔法学校の試験は魔法の実技試験も存在するが、それは合否に影響しない。魔法を身に付ける為に通う学校なのに、魔法が使えないと合格できないのでは本末転倒だからだ。

貴族や豪商など、教師を雇える家の子供はある程度魔法が使えるが、そうじゃない子供は魔法なんて使えないのが当たり前なのだ。

試験で合否に影響するのは主に一般教養の筆記試験であり、要は「お前は魔法を学ぶ余裕があるんか？」を問われる試験なのだ。

魔法とは専門知識で、その技術をしっかりと学ぶには時間がかかる。その時間を作るには、計算や歴史などの一般教養を既にある程度学び終えてる事が重要であり、そこで躓《つまず》く者には魔法なんて学ぶ資格は無いというのが魔法学校のスタンスだ。

その上で魔法の実技試験を受け、どの程度使えるのかを確認してクラス分けを行う。その為の入学試験なので、魔法の腕が良くても一般教養ができてなければ入学できないが、魔法自体はできなくても入学は可能となっている。

「ここか」

魔法学校は王都の中でも貴族が住まう区画に近い場所にあり、キースの家からは大分距離があった。

エルムは一人で辻馬車に乗って試験会場である学校まで来て、かなり立派な建物を見上げて呟いた。

「これ、デザインが魔王城に似てね？　これが許されるのになんで樹法が迫害されとんねん」

見上げた建物のデザインは三百年前に乗り込んだ魔王城のリスペクトだとすぐに分かるほど、所々に見覚えのある意匠がある。魔王の城をリスペクトするのが許されるのに、元勇者が使った系統が迫害されてる意味が分からなくてエルムは天を仰いだ。

「ある意味、俺に対する最高の煽りだわこれ。煽りティ高《たけ》ぇなおい」

煽りのクオリティ。略して煽りティである。

気を取り直して会場に入るエルム。魔法学校は高い壁に囲まれた城といった造りで、入口である正門では今日の試験を受ける者に対応する受付があった。

そこで名前を伝えて手続きをする。なるべく樹法については触れたくないのだが、残念な事に手続きの時点で自身の系統を正直に申告する必要があった。

昔から使われてる属性判別の道具まで用意されており、逃げられないと知ったエルムは正直に樹法と扇法の二系統持ち《ダブル》だと伝えて手続きを進める。

「樹法ですか……」

受付の女教師は案の定良い顔をしなかったが、それ以上は何も言わなかった。

迫害されてるとは言っても、見付けたら即座に命を奪われたり捕まったりする程ではない。だが長男であっても樹法持ちだったら嫡子になれないくらいには強い迫害傾向。なんとも微妙な感じだ。最初から系統がバレてしまったのは痛いかもしれないと、エルムは深いため息を零しながら色々と諦めた。

その後、案内されるままに試験会場の教室に入り、筆記試験が始まるまでおとなしく待ってからおとなしくテストを受けた。

（これでも人生三週目だしな。この程度のテストは余裕だわ）

特に難しい問題も無く、エルムはほぼ満点を出した自信がある。

（流石に樹法持ちだからって理由で失格にはならないと思うが、もしそうなったら扇法の教師を雇って適当に学ぶか。その後はさっさと国を出よう）


ささっと筆記試験が終わり、次は実技試験である。この実技の結果でクラス分けが決まり、学ぶレベルが変わる。

とは言ってもカリキュラム制ではなく単位制なので、学ぶ内容もレベルも本人が選べる場合がほとんどなのだが、それでもクラス単位で受ける授業などもあり、実技試験に手を抜いて良い理由は無い。

エルムが移動した会場は闘技場のような場所で、試験内容は的当てだった。

所定の位置に立ち、一メートル先から十メートル先までに転々と用意された的を魔法で攻撃し、より遠くの的を狙えると高得点らしい。

更に的は円形の物だが、その上には風にそよぐ旗もあって、威力の低い扇法でも旗を揺らせれば的に当たった事になるようだ。霊法は遠距離攻撃手段が無い系統だが、砲丸のような物が用意されていて、それを自己バフを施して投げれば良いらしい。

（思ったよりバランスの良い試験だな）

魔法を遠くに飛ばす技術は高度であり、子供の身で十メートル先を狙えたなら十分に有望である。勿論エルムは樹法を使えばその十倍だって狙えるが、扇法では一メートル先の的を揺らすのがせいぜいだ。

しかしエルムにとって不幸な事に、この試験は自身が持ちうる系統全てでトライしなくてはならないようで、試験前に申告した系統はこの為にあったらしい。

（せっかくバレないように色々と手を打ってたのに、全部台無しだなクソが。…………あぁ、いや、もしかして樹法の炙《あぶ》り出しをする為の方策なのか？）

殺されたり捕まったりする程じゃなくても、売られたり嫡子から降ろされたりする程度には迫害されてる樹法である。この試験で樹法による高得点を出した先でどんなトラブルが起きるのかを考えると、なかなかに憂鬱《ゆううつ》な気持ちになるエルムだった。

勿論手加減をして高得点を諦めればその限りでもないが、樹法持ちという時点で手遅れの可能性もある。その場合は迫害傾向にある樹法を持った上で低級クラスに割り振られ、その結果様々なトラブルも懸念される。なので本気を出した方が良いのか手加減した方が良いのか、エルムには判断が付かなかった。

上級クラスにはある程度の特権もあると聞いたので、トラブルによってはその特権で回避できるものもあるのだろう。エルムはどうするか本気で悩んでいる。

（…………面倒だなぁ。…………………………ん？）

ふと、近くから荒い隙間風のような異音を感じて振り返ったエルム。見るとそこには、青い顔をしてコヒュコヒュと過呼吸気味な少女がいた。

「お、お前、大丈夫か……？」

あまりにも異常な様子で、エルムは思わず声をかけてしまった。他の生徒がどんどん実技に挑んでる中で、様子見を選んだエルムは的当ての会場から少し遠くにいる。魔法に自信がある者はどんどん試験に挑み、自信が無い者やエルムと同じく様子見を選んだ者は先を譲って待機している。

「おっ、お気遣っ、なきゅぅ……」

「いや気遣われて当たり前の顔色しといて無茶言うなや」

プラチナブロンドのウェーブヘアに品の良い花の髪飾りをした少女は、貴族的には普段使いなのだろう品の良いドレスを着てしゃがみこんでいる。

ほっといたらこのまま死ぬんじゃないかと思う程に顔色が悪く、呼吸音もおかしい。

近寄って背中を摩《さす》り、触媒の種を一つ消費し、植物からセルロースへと生成・分解を経て、目の細かい紙袋を生み出す。

過呼吸には自分の排気を吸わせて酸素供給を落とす対処法が良いと聞いた事があったので実践したのだ。

「ほれ、これを口に当てて呼吸しろ。異常な吸気は体に悪いんだ」

「あ、あぃがひゅっ、ござまっ……」

「どうしたんだ？　緊張か？　実技試験は合否に影響しないからミスっても大丈夫だぞ？」

紙袋で深呼吸を始める少女の背中を摩りながら、意識を分散する為にも話し掛ける。大体の場合、過呼吸は嫌な記憶や緊張によるストレスで起こるので、意識を別のところに持って行ってやれば多少は改善したはずだと話題を選ぶ。

そうやってポツポツと会話を促すと、どうやら少女は樹法を持って産まれた為に家でも冷遇されていて、今回の試験でも最高クラスに所属できない場合は『出来損ない』として家から追い出されるのだそうだ。

「ふーん、別に良くね?」

追い出されたエルムとしては、努力して家に残っても大して幸せになれない事を知っている。

「よっ、良くなっ……」

「いやいや、考えてみろよ。樹法を持っただけでそんな仕打ちをして来る家族が、多少成績が良かったからって待遇を改善すると思うか? あくまで予想だが、多分お前が首席で合格したとしても待遇は変わらんぞ? 緊張して苦しむだけ損だと思うが」

そんな事で改善される待遇なら、そもそも最初から悪い扱いなど受けないだろう。エルムは正論を口にした。

「…………でもぉ」

「実を言うと、俺も樹法使いなんだよ。家を追い出されたけど、むしろ外の方が人生楽しいぞ?」

エルムが自分という実例を出す頃には、少女の呼吸も落ち着いて顔色も若干ながら良くなっていた。

「でも、樹法で立派な魔法使いになれますか……?」

「そりゃなれるだろ。鍛えても使えない系統なんて一つも無い。魔法はお前が思ってるよりずっと深くて強大な力だぞ」

そこでエルムは、少女に自分の樹法を見せてやる事にした。百聞は一見にしかず、見た方が早いと思ったのだ。

「そこで見てろよ。本物の樹法ってやつを見せてやる」

エルムは樹法で手加減をしないと決め、的当てに参加すべく前に出た。

試験は同時に五人まで受けれるようになっていて、ボーリングのレーンのように的が並ぶ列が横並びで用意されている。

「はい、次は君ですね。名前と系統は?」

エルムがその一つに入ると、すぐに試験官が対応する。手元にはバインダーのような物があり、そこに結果を書き込むのだろう。

「エルム・プランター。系統は扇法と樹法。まず扇法からやる」

そう言ってエルムは扇法で一番近い的の旗を風で揺らす。恐らく最低得点だろう。

「次、樹法」

そしてすぐ、ポケットから一粒の種を地面へと落とし、サーヴァントを生み出した。

「行け、樹龍ククノチ」

今回エルムは試験という事でハルニレは持って来てない。双子もお留守番で、手元にある触媒はベースと種だけである。

しかしエルムが最も得意とするサーヴァントの魔法は種さえあれば問題無く使え、足元から一瞬で生み出された大樹はすぐに龍へと形を変え、正面に並ぶ的を薙《な》ぎ倒しながら最も遠い的に向かう。

樹龍ククノチ。ククノチとは句句廼馳《くくのち》と書き、日本書紀にも記された日本神話に於ける『木の神』だ。

「…………………………は?」

翼も無く空中を滑るように疾走したククノチが全ての的を完膚無きまで粉砕した後、試験官がやっと口にした言葉がそれだった。

「ちなみに、不正じゃないぞ? 魔力がある限り、何回でも同じ事ができる。試した方が良いか?」

種を使ったのが不正と言われればそうかもしれないが、そもそも樹法は植物が無い場所だと何もできない。この場に利用できそうな植物が無いのだから、それは試験側の落ち度だとエルムは考えてる。

試験官だけじゃなく、見ていた受験生もが例外無く口を開いて唖然《あぜん》としてる。そんな中で気負い無く少女の元に帰って来たエルム。

「これでも立派な魔法使いになれないと思うか?」

ブンブンと首を横に振る少女に対し、エルムは自分の触媒を一粒手渡す。

「会場に利用できそうな植物が無いから、そのままじゃ樹法使えないだろ。この種やるから、まぁ頑張れよ」

言葉も無くコクコクと頷《うなず》く少女は、一時的に言葉を忘れてしまったかのように喋らなくなった。

◆

後日、試験結果がラコッテ家に届いたので確認すると、エルムは当然のように首席だった。

（あ？　首席だと？　樹法だったのに？　どっかの権力者に忖度《そんたく》はしなかったのか？）

その結果を訝《いぶか》しむエルム。魔法学校には騎士を目指す貴族や、名家でも次男以下で家を継がない者が通っていたりする。そんな学校であれだけ派手に樹法を使ったエルムが首席に選ばれるとは予想外だったのだ。

（高位貴族の横槍が入らなかった？　樹法使いにトップ取られるなんざ、貴族にとっては恥以外の何物でもないだろ。何故邪魔されなかった？）

学校側で何かしらの成績操作がされると判断していたエルムは、この結果を受けて逆に警戒する。

何か裏があるんじゃないかと。

「首席なんて、凄いじゃないか！　流石エルム君だね！」

「おにぃちゃ、しゅごぃ……♪」

「んっ！」

「今日はお祝いね！　美味《おい》しい物をたくさん作りますからね！」

しかし、警戒するのはエルム一人。双子もラコッテ夫妻も素直に結果を喜んでいる。双子はまだよく分かってないにしろ、中堅とは言え商人がそれで良いのかとエルムはキースに呆《あき》れた。

（この人、純朴が過ぎるだろ。なんで商人やれてんだ？　絶対に騙されて終わるタイプじゃねぇか。そんな不運が寄って来ない程の激運なのか？）

元勇者のエルムと出会えた時点で激運と言えば激運なので、ある意味正解である。

「…………まぁ良いか。どんな思惑であれ、邪魔なら潰す。もうどうせ樹法使いなのはバレてんだし、自重なんて要らねぇよな」

せっかく双子を隠れ蓑にしていたのに、魔法学校の無遠慮なシステムで台無しになった。しかし自重する理由が無くなったと思えば、むしろこれで良かったのかもしれない。エルムはどこかスッキリしていた。

「んじゃぁ、オッサン達にも世話になったな。予定通り魔法学校の寮に移るけど、時たま遊びに来るわ」

「うん、待ってるよ。ポチ君もタマちゃんも、いつでもおいでね」

「んっ！」

「……あぃがと、ごじゃましゅた」

随分と増えた荷物を纏めて、王都に来てからずっと世話になったラコッテ家を後にする。

その場にいたラプリアから挨拶が無かったが、それは彼女が去りゆく双子に涙していて、挨拶どころじゃないだけだった。

双子がエルムに心を許してからは、何かと気にかけてくれるラプリアにも気を許していた。しかし『懐いた』と表現するのであれば、それは双子がラプリアにじゃなく、ラプリアが双子に、である。

ラプリアは大変な子供好きであり、双子も素直で可愛らしく一番可愛い盛りであろうサイズ感だった。控え目に言っても、ラプリアは双子を溺愛していた。

このまま去ったら心を病むんじゃないかと思う程に泣いてるラプリア。エルムは絶対にまた遊びに来ると約束して落ち着いて貰った。

ラコッテ家を出て、双子の牛型サーヴァントに引かせた牛車に乗って学園を目指す。

「ポチもタマも、俺の召使い用の奴隷として申請してあるから、向こうに着いたら専用の制服を着て貰うぞ」

「……ん?」

「どん、な?」

「タマはふりふりの可愛いメイド服。ポチはシャキッとかっこいい執事服だ。作っといたから」

本当は絹で作りたかったけどなぁ、と思うエルム。樹法でカバーできるのは植物に関する事だけであり、残念ながら絹は動物性の繊維である。

蚕《かいこ》が吐く糸を紡いだ物が絹であり、絹の主成分であるフィブロインとはタンパク質の一種なのだ。

植物性のセルロースを自由に操ってオーパーツ並みの衣服を作れるくせに、変なところで凝り性な為に素材が気になってしまうエルム。元勇者の繊細な樹法で仕上げた綿素材は絹にも負けない手触りなのだが、本人は納得してないらしい。

「二人とも、もうサーヴァントの操作はバッチリだな。こんな短期間でここまで仕上げたのは本当にすげぇよ。何かご褒美とか要るか？　欲しい物があるなら考えるぞ？」

途中、綺麗に動いてる牛型サーヴァントを見たエルムは唐突に双子を褒めた。

双子がエルムのどこを好きになったかと言えば、事あるごとに惜しみなく褒めてくれる点である。

褒めるとは、つまり認める事だ。エルムは二人の努力を、結果を、実績を、事あるごとに褒め認める。それは親に売られてしまった二人にとって、掛け替えの無い事だった。

また褒められて嬉しくなった双子は、エルムに抱きついた。何か要求して良いと言うので、少し前に貰ったお菓子を要求する。

「飴ぇ？　え、そんなので良いのか？　んー、水飴と飴玉、どっちが良い？」

「ん？　みず、あめ？」

「なぁに、しょれ……」

水飴が分からないと言う二人に、エルムは魔法を駆使して水飴を生成し始めた。

まずは種から割り箸サイズの棒を六本作り、その後に別の種で綿花を多めに作った後にセルロースを更に分解。

「植物繊維《セルロース》はブドウ糖《グルコース》が連結した物だから、それを分解した後に繋ぎ直して麦芽糖《マルトース》に変えてやれば………」

あっという間に水飴が完成し、それを二本の木の棒に絡ませたら二人にも持たせる。

「こうやって棒を動かして飴を練るんだ。ぶっちゃけどれだけ練っても味はそんなに変わらんけどな」

目の前で実践してみると、茶色っぽい水飴が練られた事で空気を含み、どんどんと白っぽくなって行く。その様子を見た双子は何やら面白い事なのだと感じて、すぐに真似して練り練りする。よく練ってから棒の先に絡まる水飴を口に含むと、なんとも言えない優しい甘みを感じてニコニコする。エルムはそんな双子の頭を撫でて可愛がった。

美味しいお菓子を貰えて、お菓子を食べただけで頭を撫でて貰える。二人は更にニコニコする。優しい世界がそこにあった。

「おっと、水飴に集中するのは良いけどサーヴァントの操作は忘れるなよ。他の馬車にぶつけでもしたら、お仕置だからな？」

「んっ……！？」

「……きをつけ、るぅ」

二人とも、お仕置は嫌だった。痛いのも苦しいのも、訓練なら頑張れる。何故なら頑張った先に結果があるから。

しかし、意味の無い苦痛は頑張り屋の双子でも、耐える理由が無いのでとても辛《つら》い。双子は絶対に事故など起こさぬよう、キリッとした顔でサーヴァントの操作に集中する。その口からは水飴が垂れていた。

学校に来たエルムは、その足で事務に向かう。そこで寮へと案内され、やっと一息ついた。

「おぉ〜、良い部屋じゃん。相部屋かと思ったけど、まさか個室とは」

エルムが確認してないだけで、普通の生徒は相部屋である。個室が貰えるのは最上級クラスに入れた者だけであり、この部屋もエルムが成績を落とせば取り上げられる。

「2DKくらいか？　学生寮としちゃ破格だな。……あぁ、使用人の部屋もって事か？　ウチは一緒に寝てるしどうでも良いか」

与えられた部屋はエルムの言う通り2DKの間取りで、部屋二つとリビングを兼ねるダイニングにキッチンが付いてる。もし日本の東京でこの間取りの物件を借りようとしたら、かなり良い家賃を取られるだろう。

エルムの言う通り、学生寮にしては破格だった。

「キッチンは食料庫も付いてるのか。……氷は有料か？　まぁ欠法で出せば良いか。コンロは薪《まき》を使うタイプだな？　魔導式の物は流石に無いか」

「………………おりょーり？」

部屋の設備を確認してると、ふいにタマがエルムの裾を引いた。

「ん？　ああ、料理を作る場所だぞ。ある程度は俺もできるが、せっかくだから覚えてみるか？　一応二人は召使い要員だし」

「……がんばぅ」

小さな手を握ってフンスと鼻息を飛ばすタマ。ポチの方はキッチンに興味が無かったらしく、他の部屋を確認していた。

「さて、部屋の確認は一通りしたし、次は寮の中を見て回ろうか。二人とも、制服に着替えろ」

「ぁい……！」

「んっ！」

二人の為にエルムが全力で作ったメイド服と執事服は、控え目に言って輝いていた。

キースの店で適当なガラス玉などを買い、綺麗に磨いてカットする事で擬似宝石を用意した。それを制服の装飾に利用し、双子の服は相当に豪華な仕上がりとなってる。特にメイド服の方は「そういう趣味だったの？」と聞かれても否定しづらい程のクオリティである。

「うーん、可愛い」

「………ぇへへ」

ストレートに褒められたタマは照れ照れし、妹だけ狡《ずる》いとポチがエルムの裾を引く。ちなみにエルムは二人と比べて普通の服なので、衣服のクオリティで判断するならどちらが主従か分からなくなっている。

「ポチもちゃんとカッコイイぞ。そんなに拗《す》ねるな」

「……ん～、すねてなぃ」

着飾った二人を存分に楽しんだエルムは、その後に自分も制服に着替える。これは合格通知と共に送られて来た学生服である。

見た目は紺色のローブのようなデザインをブレザーっぽく寄せた物で、この制服に着替えてもクオリティで双子に負けている。エルムがどれだけ力を入れて服を作ったか分かろうものだ。

「んじゃ行くか」

二人を連れて部屋を出て、しっかりと鍵を閉める。入学が決まり、自重も止めると決めたエルムの腰にはしっかりとハルニレが装備されている。勿論触媒の種と腕輪《ベース》もしっかりと装備されており、有事の際に暴れる準備は完璧だった。

学生寮は四階建ての石造りで、一階は食堂や風呂などの共用スペースが集まっている。二階から上は学年別に生徒が詰め込まれていて、最高学年が卒業する度その階に一年生が入る形だった。

今年の一年は二階に入り、それより上は上級生の住む階なので用が無い。エルムは二階を適当に見回った後に、一階へ降りて食堂や大浴場の確認に向かう。

ちなみに女子の寮は別棟なので、この建物に女子生徒の部屋は無い。

「…………ん？　あれは――――」

食堂に来ると、テーブルに座ってる上級生に見知った顔を見付けたエルムは、そちらに向かおうとして誰かにぶつかってしまった。いや、ぶつかられてしまったというのが正確か。

エルムは腐っても元勇者なので、周囲の気配なんて息をするよりも当たり前に読んでいる。なのでぶつかりそうだった気配を避けて歩いていたのだが、向こうがわざと突っ込んで来たので当たってしまったのだ。

「むむっ！　この高貴な僕にぶつかるとは、生意気な平民もいたもんだな！」

そして声の主はそんな事を口にした。当たり屋である。

「………あ？　その生意気な平民に自分から当たりに行くのが高貴さの秘訣なのか？　随分特殊な頭してんだなお前。さぞご立派な教育を受けたんだろうな。納得する頭の悪さだ」

　もはや条件反射で相手を煽るエルム。まさか平民が逆らって来るとは考えてなかった男子生徒は唖然とする。

「お、お前……！　この邪法使いが善くも……！」

「邪法じゃなくて樹法な？　言葉は正しく使えよ田舎者《ヒルビリー》、お里が知れるぜ？　まぁお前のお里なんて知っても仕方ないけどな。世界で一番価値の無い情報だわ。むしろ要らない情報で俺の頭を汚さないでくれるか？　自分が汚い情報の塊だって自覚ある？　呼吸してるだけで人に迷惑かけてんだからもう少し謙虚に生きてくれないか？　具体的にはおとなしく部屋に戻って引きこもって一生出て来るなよ。お前と同じ空気を吸わなきゃいけない他の生徒が可哀想だろ？」

　ガトリング砲のような煽りを食らった男子生徒は、言葉の全てを理解するのに時間がかかってる。人生でここまで侮辱された経験が無いのだろう。

「と言うか、なんでここにいる？　樹法なんて簡単な言葉さえ覚えられない残念な頭だったら、試験で落ちてるはずだろ。裏口入学なのか？　でも残念な知能しか無いお前が裏口で入学したって、良い事は無いと思うぞ？　だって魔法学校に入学したのに魔法系統の名前すら正しく覚えてないバカじゃん？　無能を晒さず黙ってるだけ、その辺の石ころの方がまだ賢いよな。なぁ、恥かく前にお家へ帰ってママのおっぱいしゃぶってた方が良いんじゃないか？　お前ってママのおっぱいしゃぶる才能はありそうな顔してるもん。そのおっぱいしゃぶってそうな卑猥《ひわい》な顔でコッチ見ないでくれる？　よくその顔で今日まで生きて来れたよな。俺だったら恥ずかしくて部屋から出られないもん。鏡って見たことある？　便利だから一回見てみると良いよ」

ガトリング砲どころかフレシェット弾だった。止まる事の無い暴言の嵐に、脳のキャパを超えた男子生徒はとうとう泣き始めてしまった。

イキがっても所詮は十二歳なのだ。気合いで越えられる悪意にも限度がある。

「うわ鳴き声ブッサ……！　公害だから鳴くの止めろよ！　なんて迷惑な奴だ、冒険者に斬られた魔物だってもう少し綺麗な声出すぞ？　喉《のど》に死にかけのゴブリンでも飼ってるのか？　なるほど道理で息も臭《くせ》ぇ訳だ！　この実質ゴブリンが！」

しかし子供が泣いた程度で口撃の手を緩める程、エルムは性格が良くない。エルムが子供に優しいのは、相手が可愛い子供だからである。つまり可愛くない子供にはなんの価値も無い。そう言い切れるエルムは、泣こうと喚《わめ》こうと口撃でボッコボコにする。

「…………ちょ、おいエルム。その辺にしとけって」

「あ、次男ちゃん」

あまりの凶事にいたたまれなくなった生徒の一人が、エルムに声をかけた。エルムが見掛けた見知った顔であるエアライド家次男、ノルドラン・エアライドだった。

（関わりたくなかったのになぁ……）

（マジかよ次男ちゃんいるのかよ。オモチャまで完備されてるとか魔法学校最高か？）

ほぼ真反対の事を考える兄弟が、不運にも再会してしまった瞬間である。

「…………あっ！　そうだ、次期当主に昇格おめでとう！」

思い出したように言うエルム。それを聞いたノルドは引き攣った顔をする。

「……いや、まだ捜索段階だから本決まりじゃないよ。僕も騎士になる予定だし」

再会してすぐに満面の笑みでエルムから言われた言葉で、ノルドはやはり犯人がエルムなのだと確信した。

ノルドが次期当主に昇格するという事は、嫡子であるガルドの死を確信してるという事に他ならない。そんなセリフが真っ先に出て来る辺り、犯人以外には考えられなかった。

しかしそんな事に言及したら、自分が次の獲物になるだけである。ノルドは苦笑いで本心を覆い隠して当たり障りの無い答えを返す。

「えっと、後ろの子達は？」

「ん？　あぁ、奴隷買ったんだよ。一応身の回りの世話をさせようと思ってるけど、現状は愛玩動物《ペット》だな。魔法の弟子でもあるけど」

「…………ん!?　弟子!?」

聞き捨てならない事を聞いたノルド。脳内では量産型エルムがどんどん増えて行く悪夢が想像されて悪寒が走る。

「可愛いだろ？　クナウティア成分の補充にちょうど良いかと思ってさ」

「あぁ、クナウティアね。あの子も寂しがってたよ。王都のお店とか教えてあげるから、あの子に何か贈ってあげれば？　送ってあげたら喜ぶと思うよ」

「おぉ、マジ？　やっぱ女の子には宝石とかかね？」

予定通り好感度を稼いだノルドは、そのまま泣いてる男子生徒を連れてフェードアウトするつもりだった。

しかし泣いていた男子生徒も暴言の嵐が止んだお陰である程度は復活し、エルムにビシッと指をさして宣言する。

「おまッ、お前ぇ！　絶対に許さないからなっ！　兄上に言い付けてやるっ！」

「…………えっ、よりによって捨て台詞《せりふ》がそれってマジ？　事実上の敗北宣言って理解してる？　お兄ちゃまいないと勝てないもぉ～んって事だろ？　大丈夫？　生きてて恥ずかしくない？」

「うるさいうるさいうるさい！　覚えていろよ平民がー！」

捨て台詞を残し走り去る生徒を尻目に、ノルドは額に手を当てた。こうならないように介入したのに無駄になったのだ。

「エルム、大貴族を怒らせるなよ……」

「え？　俺が悪いの？　俺の機嫌を損ねたアイツが悪くね？　いったい何様のつもりだってんだ。生意気にも程があるだろ」

「いやお前が何様だよ。一応は平民なんだから、貴族怒らせたらマズイだろ」

「…………え？　次男ちゃん、まさか俺の事を心配してんの？」

会話の途中、ポチがエルムの裾を引いて「……だれ？」と視線で問う。

「あぁ、こいつは俺のオモチャで、名前は次男ちゃんだ」

「待って、せめて名前くらいは正確に伝えてくれ」

ノルドはその場でしゃがみ、エルムの後ろに隠れた双子へ視線を合わせて簡単に名乗る。

「どうも初めまして。僕の名前はノルドラン・エアライド。よろしくね」

名乗ったは良いが、しかし双子は人見知り発動中でエルムの背後から出て来ない。

「なぁ、ところでアイツってそんな大貴族なん？　どこの家？」

そんなノルドと双子のやり取りを気にせずエルムは質問した。当然の疑問。むしろ真っ先に聞けと注意されるべき質問だった。

「ん？　なんだ、知らなかったのかい？　あれはブレイヴフィール――――」


「――――はぁ？」

瞬間、学生寮の食堂全体に殺気が駆け抜けた。

「ブレイヴ、フィールだと…………？」

ブレイヴフィール。それはエルムにとって無視できない名前だった。

「剣の勇者、ブイズ・ブレイヴフィールの末裔《まつえい》か……？」

瞳孔が開き、確実に人を殺してそうな無表情になったエルム。その迸《ほとばし》る殺気と、尋常じゃない様子にノルドは思わず一歩引いてしまった。

「へぇ、ほぉ〜ん。ブレイヴフィールねぇ……？」

嘗て樹法の勇者を裏切って謀殺した人物の血が流れる一族が、ついさっきまで目の前にいた。エルムの心中は穏やかじゃない。

「くく、クカカッ……！　お兄様に言い付けてくれるんだっけか？　上等じゃねぇか。一族丸ごと生きてる事を後悔させてやる……」

下品なショータイム。

「貴様《きさま》が弟を侮辱した邪法使ぃか！」


その日の夕食時。エルムは双子を連れて食堂を利用していた。

与えられた個室には立派なキッチンが付いているものの、食料は用意されてなかったので今日は使えないのだ。

双子は使用人枠としてこの場にいるが、エルムは気にせず同じ席に座らせて一緒に食事をしていた。使用人の前にペット枠なので可愛がる事が優先である。

そこに現れたキラッキラの金髪男子がエルムを指さして声を上げた。

「…………一応、念の為、まさかお貴族様が知らないとは思えないが、それでもあえて教えといてやるな？」

エルムはゆっくりとカトラリーをテーブルに置いて、声の主を見て口を開く。

「もしかしたら高貴なお貴族様はご存じないかもしれないが、食事の時間に大声で絡むのはマナー違反なんだぜ？　マナーって分かるか？　お前に足りないものなんだけど」

「うるさい！　口答えをするな平民！」

今更ながら、平民と貴族は制服に若干の違いがあり、見ただけで分かる仕様になっている。なの

で先の泣き虫少年も同じ理由でエルムを平民と罵ったし、この少年も同じだろう。

「そうだよな。平民に口答えされたら、平民以下の知性しか無いのがバレちゃうもんな。黙ってて貰わないと貴族の威厳が保てないもんな。可哀想にな、そんな知能しか無いなんて、ご先祖様がよっぽど貧相な頭だったんだろう。心の底から同情するよ」

「――――貴様ぁあ⁉　栄光あるブレイヴフィール家が祖である、ブイズ様を侮辱するかぁ⁉」

ブレイヴフィール。その名を聞いたエルムは人知れず嗤う。獲物が来たと…………。

「邪法の使い手が栄えある魔法学校にいるだけでも我慢ならんのに、祖先をバカにされてはコチラも引けん。ブレイヴフィールの名に於いて、貴様に決闘を申し込む！」

（はい釣れた）

エルムは意地の悪い顔をした。

「へぇ、決闘に何を賭けるんだ？　まさか名誉だとかクソつまらん事は言わんよな？　俺を追い出したいんだろ？」

「ふんっ！　ブイズ様の生まれ変わりとさえ言われた私を相手に、随分と舐《な》めた事を抜かすな。何を賭けようと、貴様が負ける未来は変わらんぞ！」

「ふーん？　だったら、なんでも賭けられるよな？　悪魔の契約書を使っても」

「…………何っ？」

悪魔の契約書。ダンジョンから産出するドロップアイテムの一つで、天使の鐘と並んで司法に利用される強力な道具である。

その効果は、悪魔の契約書を使って結んだ契約の強制遵守《じゅんしゅ》。一度サインをしてしまったら、どんな契約であっても絶対に守らされる。逆らおうとしても体が勝手に契約を履行《りこう》してしまう恐ろしい道具なのだ。

「なんだ、怖いのか？　負けちゃったら何を失うのか分からないもんな？　怖くて決闘なんてできないよな？　俺も雑魚をイジメたい訳じゃないし、今回は聞かなかった事にしてやるよ。ほら、もう尻尾巻いて帰れよ。記憶に無いけど俺に侮辱されたらしい弟くんにも『お兄ちゃん平民との決闘が怖くて逃げて来ちゃったよぉ～』って泣いて謝れば許してくれるんじゃないか？」

見え見えの挑発だが、人が集まる食堂でここまで言われて引くことは不可能。貴族とは見栄で生きてるのだから。

「…………安い挑発だが乗ってやろう。そこまでデカイ口を叩いたんだ。貴様こそ逃げるなよ？」

「その冗談は俺が逃げたくなるような実力になってから言ってくれるか？　今聞いても普通につまらなくてなんの価値も無いぞ、その口上。あぁ、価値が無さそうなお前が口にすると皮肉が効いてて、ちょっとだけ面白いかも。もしかしてそういう高度な冗談だったのか？」

まだ入学式すら終わってない時期。寮に先入りして生活を始めた新入生と元からいる上級生しかいない食堂で、今年度初めての決闘が確定した。

◆

「バカは簡単に釣れるから楽だわぁ」

後日、入学式を翌日に控えた日に決闘が始まった。

場所は入学試験で実技をした闘技場で、観客も入って一大イベントとなってる。大方、相手が見栄の為に集めたのだろう。エルムとしても相手のダメージが増えるので願ったりだった。

「よく逃げずに来たな。その事だけは褒めてやろう」

「いや、そういうの良いから早く始めてくんね？　お前程度の雑魚に長々と時間使う事ほど、俺って暇じゃないんだよね。暇そうな君と違ってさ」

青筋を立てる青年は、立会人に視線を投げて指示を出す。今回の決闘に引っ張り出された立会人は学校の教師で、こういった決闘騒ぎは多々あるので教師も慣れたものだ。

「では、お互いが悪魔の契約書に記載した要求を公開します。双方納得の上、ここにサインを。納得できなかった場合はその旨を申告してください」

決闘に賭ける内容をお互いに契約書に書き、今ここで公開される。そこでサインをしたらもう後戻りできない。

相手の要求はエルムの自主退学、及び樹法の永久封印。つまり死ぬまで樹法を使うなという契約だ。悪魔の契約書を持ち出して要求する内容としては適切で、もしエルムが負けた場合は契約書の強制力で本当に樹法が使えなくなる。

対してエルムの要求は――――。

『エルム・プランターが決闘に勝利した場合、対戦相手は以降の人生に於いて、自身の名を口にする時に――

「股間の剣に誇りを託し、今日も明日もずっとビンビン！　栄えある剣の勇者が末裔にして、いきり立つ刃法の正当後継者！　我が名はビンズ！　股間の勇者とは我の事なり！」

――と発言する事を生涯強制される。並びに、人生に於いて改名を一切認めず、名を聞かれた場合は必ず答えるものとする』

読み上げられた内容に、此度《こたび》の対戦相手ビンズ・ブレイヴフィールは絶句した。

会場に詰め寄せた観戦者も一人残らず唖然とした。

もし青年、魔法学校三年生ビンズ・ブレイヴフィールが決闘に負けた場合、死ぬまで先程読み上げられたクソみたいな自己紹介を強制される。

「さぁ、サインしろよ。どうせ負けないいんだろ？　だったらさっさと始めようぜ」

ブレイヴフィールは叩き潰す。目の前のカスは今すぐ潰すし、後ろにいる血族も全員潰す。

エルムが仕掛けたこの『悪ふざけ』は、全てを仕留める為に用意した釣り餌《え》である。

これだけ盛大に侮辱され、それを観衆に見られた中で逃げれば、それは侮辱された以上の恥になる。それが貴族社会というもので、もし今逃げてしまえば、「あ、そういえばあの時に逃げましたよね。負けそうだったんですか？」と一生言われ続けるのだ。

だからビンズは逃げられなかった。もう勝つしかない。そして勝つ自信はある。自分は選ばれし勇者の系統である刀法を手にし、魔法学校でもトップクラスの成績だという自負がある。

つまりは学生最強。ならば恐れることなど何も無い。実力を発揮して戦えば、魔法学校を去るのはエルムであり、自分はなんの損害も受けない。

ビンズ・ブレイヴフィールは、決闘が始まるまで本気でそう考えていた。

「食らえぃッ！」

気合と共に剣を振るうビンズ。

刀法の初歩、飛ぶ斬撃がエルムに向かって放たれる。ビンズはこれで勝つつもりだった。自分の魔法を新入生程度が防げるなんて考えもしない。

「…………………えっ、よっわ」

だからその光景をまず疑った。幻覚か何かじゃないかと。

「……えぇ～、予想の五千倍くらい弱い。むしろもう雑魚って呼んだら雑魚に失礼な気がして来た。雑魚だって出汁《だし》くらい取れるもん。こんな出涸《でが》らしみたいな魔法と比べたら失礼だよな」

エルムが手に持ったハルニレを一閃《いっせん》すると、当たり前のように斬撃が掻き消された。ビンズには何が起きたのか分からず、もう一度同じように飛ぶ斬撃を放つ。

「え、防がれたのに同じ攻撃ってマ？　もしかして学習能力が備わってない？　お母様のお腹《なか》に置いて来ちゃった？　取って来た方が良いんじゃないか？　ママの股ぐらいじってる間もここで待っててやろうか？」

そしてまた消される。当たり前のように、なんでもないように、蝋燭《ろうそく》の火に息を吹きかけるが如く軽い力で自慢の魔法が消されてしまう。

「んじゃ、こっちからも行くわ。怖くても泣くなよ～？」

エルムは触媒の種を五つ、地面に放る。一瞬でキラープラントが五体生まれ、一体一体が夥《おびただ》しい量の触手《ツタ》をうねらせてビンズに向かう。

「うっ、うわぁぁあああっ!? なんだコレはぁ!?」

突然生まれた化け物が全力で向かって来る。かなりの恐怖映像がリアルで迫る中、ビンズは何回も剣を振ってキラープラントを倒そうとする。

飛ぶ斬撃でキラープラントの触手は数本切れる。だが、しかしそれだけ。あっという間に新しい触手が生え変わって、速度を緩めずビンズに迫る。

「…………ハルニレ持って来る必要も無かったな」

「クソッ、来るなぁ！　来るなぁぁあッッ!?」

必死に抵抗するビンズだが、あっという間に周囲をキラープラントに囲まれてしまう。剣一本で捌くには物量が多過ぎた。

「やめっ、止めろぉおおおおッッ……!?」

そして始まる蹂躙。幸いながら血は流れないが、しかしビンズにとってそれはなんの慰めにもならなかった。

むしろ、血が流れて瀕死になる方がよっぽど優しかっただろう。

「はい終わり。それではご来場の皆様！　今から始まります、股間の勇者ビンビン元気なビンズ君のビンビンショーをお楽しみくださーぃ！」

観客席に聞こえるように、ベースからメガホンまで作って叫ぶエルム。そして五体のキラープラントへと指示を出し、本当の蹂躙を始めた。

キラープラントの触手が波のように押し掛け、あっという間にビンズを呑み込む。大量の触手に囲まれたビンズはもう抵抗らしい抵抗さえできなくなってる。

「――――なぁ!?　きさっ、貴様何をするつもりだっ!?　何故脱がせっ……!?」


まずエルムが行った事。それは、ビンズ君の強制脱衣。

ビンズを呑み込んだ触手の群れの中で、ビンズは着々と衣服を脱がされていく。触手が器用に衣服を奪っていく。

「何故脱がせるんだぁぁぁあああ!?」

その様子はキラープラントの体が邪魔で見えないが、そんな事じゃ安心できるはずも無い。

と言うか、エルムが「見えない」なんてヌルい現状を許すはずが無かった。

「やっ、止めてくれぇぇえええええ!?!?」

キラープラントの束ねられた触手が噴水のように天に向かって噴き出し、その先端には半脱ぎ状態になったビンズがいた。当然、触手に絡め取られて身動きはできない。

観衆に晒された状態に移行し、そして強制脱衣は終わらない。

「さぁさぁ皆様！　そろそろビンズ君のビンビンな剣が見えて来る頃でしょう！　仮にビンビンじゃなかったとしても触手で強制的にビンビンにするのでご安心ください！」

悪夢である。控え目に言っても凄惨極まりない悪夢である。

決闘を見守る為に集まった観衆の下、化け物に脱がされて全裸を晒し、その上股間にイタズラまでされる様子を白日の下に晒す。これ以上の悪夢が存在するだろうか？

しかもキラープラントは全員に見やすいよう、ビンズを掲げながら観客席を回り始めた。それも一種のウィニングランなのか。

「そこの顔を真っ赤にして手で目を隠したご令嬢！　遠慮なんて要りませんよ！　どうぞご自由に、ビンビンなビンズ君のビンビンな剣をご覧になってください！　そっちのビンビンビンズ君の友人っぽいご令息！　我慢なんて要りませんから、どうぞ腹を抱えて笑い転げてくださいな！」

決闘のはずだった。誇りを賭けた、決闘のはずだったのだ。

しかし、エルムが賭けるべき誇りはとうの昔にビンズの祖先が踏み躙《にじ》っている。最初から賭けなんて成立するはずも無かったのだ。

「さぁさぁさぁさぁ！　そろそろ見えて来ます！　剣の勇者が残した栄光の剣を、子孫であるビンズ君が今！」

今、じゃない。完全にイジメである。

「うわぁぁぁあぁぁあぁぁあぁぁぁぁあぁッッ!?」

ビンズも既にガチ泣きしている。恥も外聞も無くギャン泣きしている。あと少しで絶対に消えない汚名が生まれる。観衆に見守られる中で丸出しになった伝説が生まれる。

「いやだぁぁぁあああぁぁぁあああッッッ！」

「嫌だぁ、じゃねぇよ。さっさと負けを認めろや。本当に晒すぞ？　はい、さーん、にー、いー…………」

「まけっ、負けだァァァ!?　私の負けだからァぁあぁ!?　止めてくれぇぇぇえ！」

ビンズくんはもはや、決闘の名誉などどうでも良かった。ただこの地獄から解放されたかった。

しかし、エルムはそんなに優しくない。

「あー手が滑ったァ～」

「ぎゃぁぁあああああああっっっっ!?」

意図的に滑った手により、ビンズくんの隠されし禁断の剣が観客の下に晒されてしまった。


そして決闘の後。


「さぁビンビン勇者君、契約の通り自己紹介してくれるかな？　できればご来場の皆様に聞こえる大きな声で」

「おまっ、やめっ――股間の剣に誇りを託し、今日も明日もずっとビンビン！　栄えある剣の勇者が末裔にして、いきり立つ刃法の正当後継者！　我が名はビンズ！　股間の勇者とは我の事なり！

うわぁぁぁあああんママぁぁぁあぁぁあッッ！」

ビンズ・ブレイヴフィール、不登校確定。

◆

「………チッ！　登校も義務化しとけば良かったぜ。まさか不登校になって逃げるとは」

「えと、エルム？　ひと一人の人生を終わらせて言うセリフは、本当にそれで合ってるかい？」

決闘が無事に終わ――――、
無事に？　いや何も無事じゃなかったかもしれないが、エルムにとっては無事に終わってから既に数日。

決闘後もずっとビンズについて回り、人前で必ず「そういえば君の名前ってなんだっけ？」と聞いて自己紹介を強制し、学校中に股間の勇者の異名を轟《とどろ》かせまくったエルムは、現在少し不機嫌だった。

入学式も終わり、クラス分けも終わり、その最中にもビンズに嫌がらせの如く自己紹介をさせた本物の悪魔は、ビンズの不登校を認めてなかったのだ。

ドン引きしてるノルドと寮の食堂で食事をしてる中で、その事をつらつらと口にする。

「いや、あんな目に遭ったら誰でも不登校になるでしょ。もう寮の部屋にすら帰らず、実家に逃げたらしいよ」

「かぁ〜、つまんねえ。まだ遊び足りねぇのにさぁ」

「本物の悪魔かよ……」

特に酷いのが、在校生代表として入学式で挨拶するビンズに対し、スピーチの最中に「アナタのお名前はなんですか⁉」と大声で聞き、例の自己紹介を全校生徒の前で炸裂させた事だろうか。エルムは首席なのにスピーチが無かったが、この悪魔に喋らせないのは学校側の英断だろう。

ビンズ君も、自殺してないだけメンタルが強いかもしれない。

「だってさぁ、『そんな自己紹介して恥ずかしくないんですか！　ご先祖様に申し訳が立つんですか！』って煽ろうと思ってたのに、間に合わなかったんだぞ？」

「地獄かよ」

ノルドは改めてエルムを敵に回しちゃダメだと理解した。あんな目に遭ったら自分は自殺すると確信しているから。

「そんなんじゃ、クラスで友達もできないだろう？　どうしてるんだ？」

「え、めっちゃ腫れ物扱いされてるに決まってるじゃん」

ケロッとしてるエルムだが、ノルドはジト目で口を開く。

「…………エルム。触れたら痛くて可哀想だからって避けるのが腫れ物だぞ。触れたら爆発する危険物の事じゃない」

「言うじゃねぇか次男ちゃん」

エルムが自分で言う通り、最上級クラスでは完全にヤベー奴扱いされている。機嫌を損ねたらビンビン勇者にされてしまうのに、関わる訳が無い。最初から関わらないのが普通の感性だ。

「俺としては静かに扇法を学べるから助かってるけどな。貴族のガキなんざ総じて面倒だろ」

クラスの全員、どころか教師まで「嫌な、事件だったね……」と顔を逸《そ》らして話題も避けようとするアンタッチャブル具合だが、そもそもエルムは本当に扇法を学ぶ為だけに来てるのでそれで良い。

学ぶ事を学び終えたら退学でも構わないし、ダンジョンの深層に向かう準備を整える時間も作れたら金銭にも困らなくなる。

最終的にはさっさと国を出て、樹法が迫害されてない国でも探そうと思ってるエルムは、今この国で友好を結ぶ意義を感じないのだった。

「ん？　でも仲良くしてる女子生徒がいた気がするけど、その子は例外なのかい？」

「…………あいつかァ。入学試験で少し助けてやったら懐かれたんだよなぁ」

ノルドが口にした女子生徒とは、入学試験で過呼吸気味だった樹法持ちの女の子である。

名前はアルテミシア・レイブレイド。ブレイヴフィールや王家程じゃないが、刃法を取り込んで次代の勇者を求めてる家の出身らしく、そのせいで魔女が使った系統を持って産まれて来たアルテミシアはかなり酷い冷遇を受けてる。

そんな中で同じ樹法の使い手で、優しく手助けしてくれたエルムを善人だと信じ切っており、チョロインの如く懐いている。

「お、噂をすれば」

「……あん？」

食堂は男子寮の一階エントランス近くにあり、入口がよく見える。そして女子寮も男子寮も一階までなら異性が入っても問題無いルールなので、男子寮にも時折女子が遊びに来たりする。二階以上も申請さえすれば行ける。

「……あっ、エルムくん！」

「アルテか。なんか用？」

アルテミシアはチョロイン枠だが、当のエルムはチョロインを相手にして気遣うタイプじゃない。この少女には早く目を覚まして欲しいところである。

「あの、明日のお休みってご予定はありますか……？」

「ん～、ダンジョンかなぁ。学費と生活費稼がなきゃだし」

「あ、そうですか…………」

見るからにしょんぼりするアルテミシア。その意味に気付かない程、エルムも鈍感系主人公じゃない。だがそもそも好意を抱いてる訳でもないので普通にスルーした。

「えーと、レイブレイド嬢？　エルムにどんな用事だったんだい？」

話を広げる気が無いエルムと、目に見えて悲しそうなアルテミシアを見たノルドは、それとなく会話を繋いであげた。この気遣いが最初からできていれば、エルムを相手に怯える事も無かっただろうに。

ちなみに、ノルドが怖いくせにエルムと共にいるのは単純にポイント稼ぎである。謝罪が許されるくらいまで罪滅ぼしを行ってないと、いざという時に怖過ぎるから『関わらない』という選択肢が取れないのだ。明日にでも突然「やぁ、復讐《ふくしゅう》の時間だよ。死ね」なんて言われる可能性もあるので、ポイント稼ぎは急務なのだ。

「えと、その、試験の時のお礼がしたくて…………」

モジモジと答えるアルテに、エルムはうんざりとした顔で気にするなと言う。

「別に、触媒一つと紙袋をくれてやっただけだし、気にしなくて良いぞ。大した手間でもねぇし」

「そうは行かないのが貴族なんだぞ。エルムだって分かるだろ？」

「いや、アルテは家から冷遇されてたじゃん。名誉とか醜聞とか、どうでも良くね？」

「どうでも良くないだろ。気にせず家名に傷が付いたら、もっと冷遇されるのはレイブレイド嬢なんだぞ」

「んな家さぁ、とっととぶっ飛ばしちまえよメンドクセェ。刃法を刃法ってだけで有難がってる家なんざ、どうせ雑魚なんだからさぁ」

刃法は強力な系統である。しかしそれは使いこなせたらの話であり、そして使いこなせればどんな系統だって強いのだ。むしろ汎用性が無い分だけ使いにくい系統であるとさえ言える。

「まぁ良い。どうせすぐに樹法を迫害してる現代に風穴開けてやるから。アルテもそれまでおとなしく待ってろよ」

「…………ぇと？」

「エルム、お前何する気だ？」

餌は、もう撒《ま》かれてるのだ。

お遊びの始まり。

「君がエルム・プランターかね」

「そう言うアンタはどこの誰さんよ？」

着実に、と言うか教師もドン引きする程の速度で扇法を学んで行くエルムは、ある日の昼に呼び出しを受けた。

校長だか理事長だか、とにかく魔法学校で一番偉い方からの呼び出しであり、素直に応じてみれば釣りの成果がそこにいた。

誰さんよとフランクに誰何《すいか》するエルムだが、ぶっちゃけたところ相手が誰だか分かってる。

「私はエギンズ・ブレイヴフィール。公爵家の者だ」

つまりはビンビン勇者君の父親であり、ブレイヴフィール家の現当主。

「ほーん。で、なんの用？」

分かり切った事を聞くエルムは、召喚された部屋に礼儀もクソもなく入って案内も無いままにソファに座った。

勿論クソ程失礼な振る舞いであり、場合によらず首が飛んでおかしくない。

しかし、エルムは自分の実力を担保にして愚かな振る舞いをしてる訳じゃない。相手が自分を殺せないと知ってるからこそ舐めた態度を続けているのだ。

「………契約を、破棄して貰いたい」

「答えは分かってるよな？　勿論断る」

悪魔の契約書。エルムが決闘に持ち出した宝具は魔王が残したダンジョン《のろい》が由来なだけあって、それはもう絶大な強制力を持つ。

一度サインをしてしまえば、何が起きても絶対にその契約は履行され続ける。

その契約を無かった事にしたい場合は、契約書にサインした人間全ての同意の下に契約を破棄する必要があり、仮に契約が残った状態で片方が死ねば、その契約を破棄する事は永遠にできなくなる。

つまり、エギンズがエルムを無礼討ちにしたらビンビン勇者君は永遠にビンビン勇者のままになって、一生解除できなくなる。

だから殺せない。ビンビン勇者の存在を諦めないうちは、むしろエギンズが権力を尽くしてエルムを守る必要すら出て来る。

「そこをどうにか……」

そして下手に出るしかない。高圧的な態度で接しても意味が無い手合いだと最初から分かっている。

もし仮に、エルムが力の限りを尽くしても絶対に抗えない状況を用意したとして、「じゃぁ死ぬわ」と契約破棄の権利ごと抱え落ちされたら困るのはブレイヴフィール家である。

「どうにか、じゃねぇだろボケが。まず最初にお子さんのやらかした事を謝罪すんのが先じゃねぇんですかねぇ～？　それともぉ～？　お子さんの教育すらマトモにできてない公爵閣下は謝り方すらご存じないんですかぁ～？」

顎を突き出してムカつく顔で言ってのけるエルム。

実際、最初に絡んで来たのも、その後に兄が出て来て決闘を申し込んだのも、どちらもブレイヴフィールなのだ。エルムとしては当然の要求だ。

相手からすると公爵家に逆らってるクソ失礼な平民なので謝る筋合いなんて絶無だが、立場的にどちらが優位なのかは一目瞭然。謝罪とは、立場の弱い者が行うのが常なのだ。

血管がブチ切れそうな程煽られるエギンズは、しかしここで切れて交渉を終わらせて良い立場にいない。

「…………………息子達が、大変失礼な事をした。申し訳なかった」

「まぁ謝られても許さないけどね！　無駄な謝罪ご苦労さん！　こっちは大金払って入学した学校の退学と、一生涯の系統封印を賭けてたんだから当たり前だよな！」

その賭け自体も、元はエルムが悪魔の契約書を持ち出した事が原因である。怒るのは筋違いが過ぎる。

しかし決闘とは双方が合意の上で行うものであり、つまりはビンズも納得の上で戦ってる。

…………事になってる。建前上は。

煽りに煽られて引けなくなってたとしても、実質的に逃げ道は無かったとしても、そんなものは暗黙の了解でしかなく、ルールには一切の記載が無い。

要は「嫌だったなら受けなければ良かった」事であり、それが決闘後に「許してください」は通らない。

今、クソ失礼なのは間違いなくエルムであるが、横紙破りをしてるのは確実にエギンズなのだ。

「賠償の用意はある。どうにか怒りを鎮めて貰えないだろうか」

ビンズは本当に、刀法の天才として名高い生徒だった。当然ながら公爵家の嫡子であり、跡継ぎがあのザマではブレイヴフィールとしても困った程度の話じゃ済まない。

嫡子が陛下に謁見する時もビンビン勇者で、婚約者に紹介する時もビンビン勇者で、何があってもビンビン勇者では公爵家のブランドは地に落ちる。

もう既に手遅れ感はあるが、しかし何事も立て直しは可能である。だがそれも元凶が残ったままでは本当に意味が無い。

「ま、お遊びはこの辺にしといて」

ただブレイヴフィールとしては幸運な事に、エルムは交渉に応じる気があった。

というより――――。

「条件付きで、契約破棄してやっても良いよ」

エルムは元々、現当主《エギンズ》を釣り出す為に悪ふざけをしていたのだから。

「…………条件?」

ニタァと笑うエルムに、エギンズは冷や汗が止まらない。

目の前にいる子供は、本当に十二歳《こども》なのか? エギンズは自分の目を信じられなくなっていた。

「そう、条件。具体的には――」

――アンタもサインしろよ。悪魔の契約書にさ。

エルムの狙い。それは子供をイジメて出て来た親に、本命の契約書を叩き付ける為だった。

「…………聞こうか」

「ふふっ、ふはは……！　まぁ引けないもんな？　嫡子《ガキ》の醜聞を現在進行形で生み出す契約が生きてるうちは、可能性を捨てるなんてできやしない」

これが仮に、なんの才能も無い凡庸な嫡子だったなら別だ。無理難題を吹っ掛けられても、じゃあ良いやと嫡子を切り捨てて次男を育てれば良い。損得の問題だ。

しかし、ビンズは本人が言う通りに刃法の天才として通ってる。才気ある跡継ぎならば、残したいと思うのが当主である。つまり、無理難題を吹っ掛けられてなお、ビンズを生かす方が得なのが現状。

「だから遊び《ゲーム》をしようぜ？　悪魔の契約書を使った遊び《ゲーム》だ」

ルールは簡単。エルムが用意した文章を読み上げるだけ。ただ設定された期間内に、指定された場所で、定められた回数を朗読する必要があるだけだ。

「ルングダム王国に於ける主要経済都市は六つ。王都を含めダンジョンがある三都市と、港がある街。そして国境にある要衝が二つ」

それら六つの都市を王都から出発して巡るのに必要な期間は、ゆとりを持って計算して約一年。

「その間に、主要経済都市六つを巡って、俺が指定した時間に俺の用意した作文の朗読をして貰う。都市の中心部にある広場で、人が最も多い真っ昼間に、各都市で十回ずつだ」

エルムはあらかじめ用意していた書類をテーブルに置く。既に内容を決めてある悪魔の契約書と、それに伴う作文だ。

その内容は――――。

『我がブレイヴフィール家の次期当主、ビンズ・ブレイヴフィールは愚かにも、この世で最も尊き系統である樹法の使い手に挑み、儚くも敗れた。戦闘にしか使えない欠陥系統である刃法しか持たぬ身で、万能たる樹法に挑んだ事はあまりにも愚かだったが、私は息子の勇気だけは称《たた》えたい。そもそも、かの魔王が討たれる前は豊穣《ほうじょう》を司る尊《つかさど》き系統として大事にされた樹法が迫害されているのは、我がブレイヴフィールの祖先であり六勇者で最もヘッポコだったクソザコ勇者ブイズ・ブレイヴフィールが吐いた妄言が原因であり、その責任は全て我がブレイヴフィール家にある』

――と、いった内容が四百字詰めの原稿用紙で二十枚分程用意されている。

「…………こっ、こんなものを口にできるかッ！」

「別に、俺は構わんよ？　それなら契約なんて破棄しないだけさ」

あまりにもふざけた作文だ。エギンズはブレイヴフィールの傷付いた名誉を回復して立て直す為の交渉をしているのに、こんなものを主要経済都市で、観衆の下で読み上げたら名誉もクソも無いだろう。全てが終わると言っても良い。貴族とはメンツに生きる生物なのだから。

「貴様……………！」

だからエギンズは悟った。そもそもコイツは交渉なんて最初からする気が無かったのだと。

「まぁ落ち着けよオッサン。慌てるナントカは貰いが少ないって言うだろ？」

しかし、それは半分正解であるが、半分は誤りである。

「契約書の方もちゃんと読めよ。これはゲームだって言っただろ？」

そう、エルムだってこんな作文をわざわざ、断られる前提で用意したりしない。四百字詰め原稿用紙なんてこの世には存在しないから比喩でしかないが、そのくらいの詰め込み具合で二十枚も無駄に書くほど暇じゃないのだ。

エルムに促されて読んだ契約書には、このようなゲームが記されていた。

『エルム・プランターが用意したゲームに挑む者は、指定された六つの主要経済都市にて用意された原稿を各都市で十回ずつ、一年以内に読み上げて演説する事ができた場合にのみ勝利とする。

一日に演説は一回まで。いずれも人の多い昼間に、都市の中心部で人通りが最も多い場所にて演説しなければならない。

一年以内に演説を完遂して勝利した場合、挑戦者には二つの権利が与えられる。

一つ、エルム・プランターが交わした悪魔の契約書による契約を破棄させる事ができる。

一つ、挑戦者はエルム・プランターに好きな場所、好きな時間を指定して決闘する事ができる。

また、その場合は勝敗によって契約を履行する内容の悪魔の契約書を用いても構わない。エルム・プランターはその際にどんな条件であっても悪魔の契約書にサインするものとする』

書かれてる内容は基本的にそんなところで、他には細々としたルールが詰め込まれている。

ここで重要なのは、挑戦者がエルムと決闘して悪魔の契約書にサインさせられる事だ。

「…………これは」

「そう。アンタが演説をやり切ったら、俺を好きなタイミングで決闘に引っ張り出してひっくり返せる」

もう一つ重要なのは、エルムが学生であり、エギンズは現役の貴族だという事。

天才と名高いはずのビンズを軽く捻ったとは言え、学生は学生。普通は勇者スペックを持ってるなんて考えない。つまり観衆が集まる大舞台に引っ張り出して、子供をボコって演説の内容を帳消しにできる。

大人が子供をボコるような決闘は、本来なら顰蹙《ひんしゅく》を買う。それはもう盛大に。

だが幸いな事に、エルムは樹法使いである。大衆の見守る中でボコッてもそこまで大きな顰蹙は買わないし、何より悪魔の契約書にサインさせられる。

たとえば、今回の演説ゲームとほぼ同じ内容のものをエルムにやらせる事もできるし、その際に『ブレイヴフィールにやらせた演説は自分が悪魔の契約書によって無理矢理行わせた』と明言させても良い。

そうして、やっぱり樹法使いはこんな事をやらせる邪悪な者なのだと民意を煽ってやれば、ある程度の名誉回復が見込める。

エギンズは公爵であり、嫡子が魔法学校に通ってる事からも分かる通りに武門である。当然ながら本人も魔法は堪能《たんのう》であり、天才とは言え子供だったビンズと比べて何倍も強い自負がある。

つまり勝ち確。エギンズはそう考えてしまった。

(各都市で一日に一回。六都市で演説だけに六十日だと考えれば、移動も含め一年の時間制限はかなりギリギリだが、資金を注《つ》ぎ込めばなんとかなる。そして…………)

演説さえどうにかなってしまえば、決闘で確実にひっくり返せる。

エルムと別れ、魔法学校を後にしたエギンズの脳裏には勝利が見えていた。

所詮は子供。合法的に決闘で潰せる場が用意できるなら、何も恐れる事の無い相手。一時はどうなる事かと思ったが、そういった詰めの甘さも子供であるが故だろう。

そう思ってエギンズはにやりと笑う。

「相手の用意した内容である以上、罠の一つくらいはあるのだろう。だが、悪魔の契約書を使った時点で決闘をせざるを得ない。…………ふっ、やはり子供か。しかし容赦はしない。噛み付かれて許せる程、ブレイヴフィールの名は安くない故な」

——確実に勝てる。

そんな想いを胸に、意気揚々《ようよう》と魔法学校から離れて行くエギンズ。そしてそれを、校舎の窓からニヤニヤしながら見送るエルム。

◆

「確実に勝てる。——————とか思ってるんだろうなぁ？　はぁ、考えの浅い雑魚釣るのチョロ〜い」

エギンズは些《いささ》かならず、エルム・プランターという人物を甘く見過ぎていた。

貴族の子弟を公衆の面前でほぼ全裸にしてしまう子供の精神性など、まともなはずが無かろうに。

「そもそも、演説ゲームで勝てるとか思ってる時点でアホ過ぎる。この時代の貴族って皆こんなアホなん？　昔はもう少しマシだったのになぁ」

契約書にはデカデカと勝利条件と、そして勝った場合の利点が書かれていた。しかしゲームである以上、負けた場合の措置もしっかりと存在する。

エルムが用意した契約書にはこう書かれていた。

『演説を達成できずに一年が過ぎた場合、ならびに達成が不可能になった時点で挑戦者の敗北とする。

挑戦者が敗北した場合、敗北が決定していても演説は最後まで行い、来年以降も毎年ゲームと同じ条件で演説を行うものとし、エルム・プランターが望む「ビンズ・ブレイヴフィールの不登校禁止」を叶える義務を負う。

挑戦者が演説できない場合、血族から代理の者を用意して演説させるものとする。しかし代理者では勝利条件を満たせないものとする』

不登校禁止は完全に逃げたビンズへの嫌がらせだが、問題はそこじゃない。

達成不可能になった瞬間に負けが確定する。この部分だ。

「一年も待つ訳ねぇだろ。バカがよぉ」

エルムは当日、速攻で手を打った。

◆

早速エルムは活動を開始した。それがどんな活動かと言えば、まず『ブレイヴフィール公爵と今、こんな遊びをしているよ！』と手紙を書いたのだ。

誰に？　当然、ブレイヴフィールの政敵に。

「あ、いたいた。おーい！　アルテ～！」

アルテミシア・レイブブレイド。樹法を持って産まれた為に迫害される彼女だが、所属する家はブレイヴフィールと同じく刃法を神聖視する家である。

爵位は侯爵。ブレイヴフィールと比べて一段下になる。

刃法とはレア中のレア。良い血統の刃法持ちを抱え込んで継承するのは相応の手間が掛かり、同じ目的を持つ貴族とは当たり前に競合する。公爵と侯爵が争えばどちらに軍配が上がるかは明らかだ。

刃法持ちを集めるのは王家であり、勇者の血統であるブレイヴフィールであり、――――レイブレイドはそんな強大な二つの家と争って刃法持ちを確保しなければならない。

そして、戦闘特化である刃法を集めるという事は当然ながらレイブレイド家も武門なのだ。

ここまで情報が揃えば、後はちょっと頭を使うだけで簡単に計算できる。

同じ武門で、同じ刃法信仰で、爵位でマウント取られて刃法持ちを取られて、次世代の系譜に於いては片や天才刃法使いを擁する公爵家に、片や邪悪とされる樹法持ちを擁する侯爵家。

確実に、敵対関係である。

敵対とは行かずとも、目の上のタンコブだろう事は想像に難くない。勿論ズブズブの関係である可能性はあるが、軽く調べても仲が良いなんて情報も無かった。

そも、現在は戦争も減って久しい世の中。武門などと名ばかりのくすんだ勲章を磨くチャンスがあれば。誰でも手を伸ばすだろう。

一周に一年かかるゲームだ。それを少し邪魔して負けさせれば、当主が一年かけた演説を毎年やる壊れたｂｏｔ《ボット》にジョブチェンジ。

その場で当主交代は確実であるし、交代しなくても当主が永遠に演説を続けるアホになる。当主交代がなされても経験皆無のガキが当主になり、アドバイスするべき先代は演説に夢中。

「まず一手。んじゃアルテ、これを当主さんに渡してくれな。確実にだぞ？」

「えと、うんっ。お父様に渡せば良いんだね？」

淡い想いを寄せる相手から、よく分からないが頼って貰えた事実に微笑むアルテ。この女の子は早く目の前の相手が悪魔だと気が付いた方が良い。

「よし、じゃぁ次の手だな。————ふふふっ、楽しいなぁ？」

エルムは止まらない。相手が絶望に崩れ落ちる瞬間が見たくて見たくて仕方ないのだ。

「んふふ、奴はどんな顔するかねぇ？　もう数日したら次のトラップが動くぞぉ」

エルム・プランターという悪魔は、エギンズが考えるよりもずっと悪辣で狡猾《こうかつ》だ。

どのくらい酷い存在かと言えば————。

「演説は一字一句、間違いなく行う必要がある。そして演説の内容を書いた紙って、そう、紙なんだよねぇ。————紙は、植物だ」

つまりまぁ、そういう事である。

◆

「————なっ、なんだコレはッ⁉」

エルムとのゲームが始まって早くも数日が経過した。

エギンズは当初の計画通り、王都の屋敷に帰ってすぐ馬車の手配をした。馬車と言っても普通の物ではなく、竜の血を引くとさえ言われる鱗馬《りんば》の手配までした。

鱗馬とは、通常の馬と比べて完全上位互換の超高級品。爬虫類《はちゅうるい》をそのまま馬の形に押し込んだような姿をしているが、馬として常用するのは公爵レベルでなくては難しい程に燃費が悪い代わりにひたすら足が速い。そんな生物だ。一応、魔物ではないと言われている。

食べる物が干し草の何倍も高くつく代わり、食べる量は通常の馬よりも少なくて荷物に余裕が持てる他、何より相当な馬力があってスタミナも多く、いくらでも走り続けられる『馬の中の馬』だった。

荷を引く馬が鱗馬であれば、馬車での長距離移動も通常の半分の時間で済むとさえ言われる。まさに今回の件にうってつけの存在。

だが、そんな鱗馬は数が少なく希少性がとても高い。簡単に言うと個人の所有が認められないくらいには超希少な馬。分かりやすく言うと創作に於けるペガサス的な存在だ。要するに貴族だろうと個人の所有が基本的に認められないくらいには超絶レア。手に入ったらとりあえず王家に献上が当たり前であり、貴族が使いたい場合は王家へとその旨を伝えて借りる必要がある。

「なんなのだコレはぁ！」

エギンズはこの馬の存在もあって勝ちを確信していた。鱗馬の所有は王家以外に認められないが、ブレイヴフィールは公爵だ。鱗馬の使用を王家へ打診すれば優先的に回して貰える立場であり、なんなら『世話をする為に預かってる』形でブレイヴフィールの敷地に数頭の鱗馬がいる程。

だからこそ勝ち確。そう考えていたのに、ほとんど形骸化していた鱗馬の使用申請を城へ上げたら、まさかの却下を食らうエギンズ。それどころか屋敷で預かっていた鱗馬を回収されてしまう。

担当官に理由を聞けば、レイブレイド家が先に鱗馬の使用を申請していると返された。

それも、ルングダム王国に現存する鱗馬のほぼ全てを。

「こんなバカな話があるかぁ！」

予定では既に王都を出て、主要経済都市のどれかに向かってるはずのエギンズは、未だ王都の屋敷にいる。

執務室で古めかしい机に台パンするエギンズ。キレた人間が机を叩く行為に世界も時代も関係無いと教えてくれる。恐らく世界一要らない知識だろう。

「十五頭いる鱗馬を全て使用中だと!?　戦争でもするつもりかレイブレイドォ！」

◆

「ん、上手く行ったのか？」

「うんっ！　お父様、凄く喜んでたの。エルムくんのお陰だね」

学校の庭先で珍しく、エルムはアルテと共に食事をしていた。普段は食堂で食べるのだが、今日はエルム特製のランチボックスまで持参してる。

双子はエルム渾身のキャラ弁を貰って、表情に乏しいながらも感情が見えるようになって来た顔でニッコニコだ。アルテとエルムの会話を邪魔しないように、おとなしくキャラ弁をつついていた。

「それにしても、競馬だっけ………？」

「そうそう。やっぱ良い馬は競わせてなんぼだろ？　飾っとくなんて勿体《もったい》ないぜ」

エルムが打った一手目。レイブレイドを動かしてエギンズの妨害をする。その手紙をアルテに預けたエルムは、その日の夕方にはレイブレイドからの手紙を貰っていた。

内容を簡単に纏めると『情報、感謝する。褒美は後日』といったものだった。エルムはそれに『望む褒美はブレイヴフィールに対し確実な成果のみ』とし、更には思い付く限りの妨害工作を書き連ねてすぐに返信。

すると、レイブレイド当主が思いの外食いつき、当日の夜にも関わらず登城して鱗馬の使用まで含めて王家に打診。

それが、鱗馬を使った競馬によるブレイヴフィール妨害計画。

レイブレイドの領地にて競馬場を作り、王家が所有する鱗馬や他の名馬を競わせる施設を用意する。

そもそも、足が速くスタミナに溢れる名馬など、戦時でもなければ観賞用がせいぜいだ。それを民にも見られる形で、学が無くとも王家が所有する馬の素晴らしさが如実に分かる形での催しなど、民の支持が欲しい王家としては最高オブ最高。

計画の草案を聞いただけで国王は大絶賛し、思わずスタンディングオベーション。そして計画段階から鱗馬の使用が早々に許可される事になる。

（競馬そのものは古代ギリシャでチャリオットを競わせたものが発祥で、その歴史はかなり古い。だが近代競馬は最低でも十六世紀からだ。十分に内政チートできる範囲内だろ）

エルムとしては地味な嫌がらせだろうが、まさか覿面《てきめん》にぶっ刺さり台パンまでしてるとは思わない。

レイブレイドも気合いを入れ過ぎてそこら中の馬を集め、エギンズは極普通の移動をする事すら難しくなっている。

一般的な馬車旅と言えば馬の体力などを鑑みてゆっくり進むものだが、エギンズの求める移動速度であれば基本的に早馬《はやうま》が用いられる。

早馬とは、日本であれば単に足の速い馬を指す言葉であり、転じて離れた場所に素早く情報を伝える為に走らせる馬をそう呼ぶ。

しかし、主要な交通手段に馬が使われる時代の長距離移動であるなら話は変わる。

馬という生き物は意外と、長距離の移動を得手としない。それでも遠くに早く情報を伝えたいならば、馬の乗り継ぎが必須。

長距離を最高速で走らせ続けた馬など容易《たやす》く潰れる。だから限界まで走らせた後に、乗り換える事で最高速を維持する方法こそが早馬なのだ。

だがレイブレイドが馬の買い占めを行った為、乗り換えによる高速移動すらままならない状況になったエギンズ。当然ブレイヴフィールだって名馬の一頭や二頭は所有しているが、圧倒的に数が足りない。

そもそも、騎馬と駄馬では『名馬』の基準すら違う。いくら遠乗りに使う馬が速かろうと、それは馬車を素早く引いて走れる事とイコールではない。だがレイブレイドは騎馬も駄馬も『名馬』であれば手当り次第に集めているし、それを王家が認めてる。

それはもう、台パンの一つもするだろう。下手したらこの一手で詰む可能性すらあるのだから。

むしろ台パンだけで済んでる分、エギンズは理性的だった。

「それでね、お父様がエルムくんに挨拶したいって」

「それはまぁ、気が向いたらな」

好きな人を父に紹介できるとあってニコニコのアルテ。そして罠がピタリとハマってニコニコのエルム。大好きなご主人様《おにいちゃん》のキャラ弁が美味しくてニコニコの双子。実に優しい世界だ。同じ都市に可哀想な台パンおじさんがいるとはとても思えない幸せ空間だ。

幸せとは人の不幸から成り立つなんて説もあるが、この一事を見るにどうやら真実らしい。台パンおじさんの不幸はこの場に生まれた幸せの餌として消費される。

「えへへ、エルムくんのお料理美味しいねっ」

「料理は得意だからなぁ」

なんとも甘酸っぱい雰囲気を出しているが、エルムはアルテにほとんど興味を持っていないし、被害者のおじさんは現在台パン中なのである。もしかしたら優しさなど無かったかもしれない。

◆

エルムとエギンズが交渉をしてから、既に一ヶ月が経過していた。

度重なる妨害によって、未だ王都から出る事すら叶わないエギンズはかなり憔悴《しょうすい》している。

「ど、どうすれば良い……？　どうすれば今から目標を達成できる？」

エギンズは焦る。悪魔の契約書にサインをしてしまったエギンズは、『負けが確定した時点で契約が履行される』仕様に怯えているのだ。

競馬計画によって鱗馬を含めた名馬達が軒並みレイブブレイドに奪われ、早馬候補がろくに集まらない。むしろ、王家も乗り気である競馬計画に、ブレイヴフィールが所有する馬も出してみないかと打診が来る程で、エギンズはストレスで頭頂部が焦土と化しそうだった。

「どうすれば………」

ただ、それだけならばまだ、どうにかなった。

しかし、今エギンズが机に放り出した物が更なる焦燥を掻き立てた。


——何故か白紙に変わってる、エルムの作文。


原稿用紙二十枚分にも及ぶ演説内容は、当たり前だが暗記などしていない。不測に備えて写しを用意しておくべきだったのだろうが、内容が内容だけに人に見せる事が躊躇《ためら》われた。

勿論自分で写せばそれで良かったが、エギンズは腐っても公爵家の当主だ。書類の丸写しなど自分でやるなんて発想がまず出て来ない。

勿論、作文が白紙になっているのはエルムの仕業だ。植物由来の紙は当然に樹法が通用する領分であり、エルムは紙に小さな術式を忍ばせておいた。

その効果は『術者の魔力から離れて一定時間後にインクが消える』というもので、エルムの手から離れた作文は何がどうあっても白紙に戻る運命だったのだ。

インクが消えるのは樹法の領分なのかと聞かれたら、エルムは当たり前じゃんと答えるだろう。

この時代に使われるインクはほとんどが没食子《もっしょくし》インクであり、平たく言うと植物由来の物である。

植物にできた虫こぶからタンニンを抽出し、鉄イオンと反応させて作る没食子インク。バリバリに植物由来なのでバッチリ樹法で干渉可能。そうして出来上がったのが白紙に戻った原稿と憔悴した台パンおじさんだ。


買い占められた名馬。

競馬計画に参加しないかと頻繁に城へ呼び付けて来る王族。

白紙に戻った原稿。

エギンズは文字通り死ぬ程焦っている。

考える。エギンズは考える。どうすればこの状況を脱し、かのクソガキに勝てるのか。エギンズは考え続けた。

まず王都から出られない。出ようとすると何故か用事が発生する。それも大体が国王の意思が絡むもので、公爵が本気を出せば断れもするだろうが基本的には逆らえない。

このまま時間が過ぎれば、当たり前だが勝負《ゲーム》に負ける。

今から出てもかなり無理なスケジュールになるが、まだギリギリのギリ大丈夫。そう信じるエギンズは問題の解決法をいくつか思案する。

「呼び出しの多くはレイブレイドが関わっている。…………先にアレを潰せば良いか？」

考え、却下する。貴族家を一つ潰す労力と時間を考えれば、無理矢理にでも王都を出る方がまだ現実的だ。

「ならば、陛下に事情を伝えてみるか？　…………無しだな」

息子の件は公になってるが、エギンズとエルムの勝負は個人的なもの。内容が内容だけに、国王に伝えるのも憚《はばか》られる。

冷静に考えて十二歳の子供を決闘でボコる為に急いでるから呼び出すな、なんて相談をすれば国王からの信用は地に落ちるだろう。いくら公爵、つまり王家の血が入っている名家とは言っても、生贄《いけにえ》に捧げる信用度にも限度がある。

「いったい、どうすれば…………」

ストレスが酷過ぎて頬までこけてきたエギンズは、深く深く思考した結果――――。

「…………………あぁ、そうか。根元を潰せば良いのか」

――とても浅い答えに辿り着く。

憔悴し、正常な判断能力を失った人間はかくも愚かになるという実例がそこにいた。

◆

休日、特に用事は無かったが街を歩いて暇を潰していたネイドは、行き付けの店に寄ってみようかと少し大通りから外れて小道を歩いていた。

目指すのは喫茶店。昔は想い合った相手と足繁《あししげ》く通った場所だが、エルム爆弾が炸裂して破局してからは足が遠《とお》退《の》いていた。

だが、その相手とは別れてから既に久しい。せっかく良い店だったのだから、このまま忘れるには惜しいと考えたノルドは、気紛れではあったがもう一度行ってみようという気になってた。

「…………ん？　なんッ――!?」

そんな時。素性の分からない者に突如襲撃されたノルド。

背後から近づかれ、気配を感じて振り返ろうとすれば顔も見ないうちに頭から麻袋を被せられる。

「騒ぐな。命が惜しくばな」

「――ッ!?　ッッ！　んー!?」

いったい何が起きてるのか。ただ誘拐《ゆうかい》されてる最中である事くらいは理解し、騒ぐと殺されるというならおとなしくするノルド。

(な、何が目的だ？　僕はこれでも一応、伯爵家の人間だぞ？)

平民が貴族を害した場合の罰則など、今更語るまでもない。ならば誘拐の主犯は自《おの》ずと貴族になるのだが、しかしノルドは他家から恨みを買うような覚えは無い。

(まさか、父上の下半身関連かッ!?　冗談じゃないぞ！)

そして真っ先に疑われる下半身伯爵の下半身。同情の余地は無いが今回は濡《ぬ》れ衣《ぎぬ》だった。

(ふざけるなよクソ親父《おやじ》！　種をばらまいて恨みを買うなら僕に関係無いところでやれ！)

ノルドが人生で初めて「クソ親父」なる言葉を使った瞬間である。内心ではあるが。

揺られ、揺られ、揺られ。

ノルドがウンザリする程の時間を経て、やっと目的地に着いたらしい誘拐犯は硬い床にノルドを下ろすと、被せた麻袋も取らずに立ち去った。

何も見えない状況に辟易《へきえき》とするノルドも、下ろされた場所が牢《ろう》か何かだと考えて無駄な抵抗をしない。せめて、麻袋くらいはどうにか取るべきかと悩んでるうちに再び足音。

先程の誘拐犯が戻って来たのかと思えば、立ち去った足音とは別の方向からコツコツと硬質な音が聞こえる。

(…………違う人だな。実行犯は恐らく安い革の靴か何かだったはず。こんな良い音がする靴底《ソール》じゃなかった。つまり実行犯は雇われた本職寄りのゴロツキか何かで、この足音は主犯の関係者か？）

無様にも一瞬で誘拐されたにも関わらず、ご立派な考察をする名探偵ノルドくん。だがその推測は当たっていた。

（実行犯が去った方向とは逆から足音が聞こえた？　という事は、ここは牢屋じゃない？

……………分からないな、せめて被せた袋を取って欲しい）

「やぁ、ノルドラン・エアライドくん。ご足労願って申し訳ないな」


分からないなりに思考を続けるノルドの耳に、そんな言葉が聞こえた。硬質な足音の主である。

(聞いた事があるような、無いような声だな。多分、社交で一度は会ってる相手か？　大人の相手なんてしないから思い出せない）

声から相手を割り出そうとするが、連れて行かれた社交界など子供は専ら子供が相手である。挨拶するにしても顔合わせ以上の意味は無く、大人のオマケでしかない瞬間の記憶など、強く残ってる訳が無かった。

どちらにせよ、袋を取ってくれたら分かる事だ。そう開き直ったノルドに、相手はその意を汲《く》んだように麻袋を脱がせた。

視界が戻ったノルドは一瞬だけ明るさに目が眩《くら》む。しかし次の瞬間には燭台《しょくだい》に照らされた窓すら無い部屋と、うっすらと見覚えがある金髪の偉丈夫を目にした。

「あ、あなたは…………」

「ふむ、覚えていたかね。私はエギンズ。お察しの通りブレイヴフィール家の当主だよ」

そうして犯人と対面したノルドは、全てを察した。


（え、エルム関連だぁぁぁあっ⁉）


大正解である。

未だに三手四手とネタを捏《こ》ねてるエルムの策略に一手目からぶっ刺さりダークサイドに堕ちた哀れな台パンおじさん、エギンズ公爵が犯人だった。勿論理由はノルドが察する通りにエルムのせい。

「悪いが、君には人質になって貰うよ」

「ま、待ってください⁉　恐らくはエルムが何かをしたのだと思いますが、僕を人質にしてもアイツは何もしませんよッ⁉　助けにすら来ない！」

ノルドはそう考えるが、実はそうでもない。エルムは自分のオモチャを取られたら割と普通に怒る人間なので、ノルドを人質にされた場合は救出に動く。

ただ、その際にノルドの安全はあまり気にされないだろう。あと急いで助けようともされない。問題と言えばその二点くらいだ。その二点が致命的なのだが。

「それならそれで構わない。その時は追加を用意するだけだ」

「つ、追加って……」

「確か、アレが可愛がってた奴隷がいたはず。それを連れて来れば言う事も聞くだろう」

あ、ダメなやつだコレ。ノルドは察した。

◆

料理が入った鍋を両手で持つエルムが、寮の廊下を歩いている。

双子の姿は近くに無く、最近では少し珍しいが一人で移動してる最中。目的地は、兄の部屋。

「ノルドー？　いるかー？」

目的地に辿り着いたエルムは、その頑丈そうな扉を思いっきり蹴破る。何故なら両手が塞がってるから。エルムに「どうにか頑張って扉を開けよう」なんて殊勝さは無い。「霊法でバフかけて蹴れば行けるやろ」と考える。

学校に於いてほぼ唯一許されたはずのプライベート空間は、エルムによって随分と風通しが良くなった部屋。ノルドが個室を勝ち取ってる事が救いだろうか。何故なら被害者が一人で済んだから。

「…………なんだ、いねぇのか。せっかくボロネーゼ作り過ぎたから分けてやろうと思ったのに」

エルムは持った鍋を適当な机の上に置いた後、鍋の蓋《ふた》を取って中の煮込み料理を見た。

「うん、ちゃんと美味そう。はぁ、んだよノルドいねぇのかよぉ〜！　せっかく分けてやろうと思ったのにさぁ〜！」

日本人の多くは勘違いしてるが、ボロネーゼはパスタ料理ではなく煮込み料理だ。伝統的にパスタと和《あ》えて供される事も多いが、あくまで煮込み料理をパスタで食べてるだけであってパスタ料理ではない。惣菜《そうざい》をどの主食で食べるか、というだけの事なのだ。

エルムもボロネーゼ風ミートパスタは好きだが、今日はバゲットに載せてチーズを被せてから炙って食べる形で用意した。

双子もエルム渾身のチーズ載せボロネーゼトーストを食べ、お腹いっぱいになったので今はすやすやと寝ている。

「しゃぁねぇな。他の誰かに、アルテにでもやろうか」

エルムが少しボケっとしながら料理をした結果、分量を間違えて誤魔化そうと調節したら倍量が完成してしまった。その失敗を帳消しにする為にノルドに押し付けようと思ったのだが、いないのだから仕方ない。

「にしても、こんな時間にどこ行ってんだ？　門限的にギリギリじゃねぇか？」

時刻は既に夕方を越えて夜。エルムが持って来たボロネーゼも夕食としてである。

寮である以上、門限は存在する。と言っても『日没からこのくらい』なんて曖昧《あいまい》な刻限だが、遅れたら帰れなくなる。なので生徒は日没前には寮に帰ろうとする。

にも関わらず、ノルドは留守らしい。勿論他の生徒の部屋や食堂にいる可能性もあるが、時間が時間だけに自分の部屋にいるだろうとエルムは思ってた。

「門限ギリギリ。遅れても構わない……？　外で寝れる場所……」

なのでエルムは、何故留守なのかを考えてみた。

「ふむ、なるほど。………………つまり、娼館だな？」

したり顔で納得するエルム。だが残念、今ノルドの近くにいるのはムッチムチのお姉さんじゃなくムッキムキのおじさんである。不憫《ふびん》過ぎた。

ノルドがいないならアルテで良いやと、どうしても食事のお裾分けという名の証拠隠滅がしたいエルムは寮の一階に降りて来た。料理で分量をミスるなど、初歩的な失敗が地味に恥ずかしいエルム。

アルテは女子生徒なので当然ながら女子寮にいる。届けるならば男子寮から出る必要がある。一階の食堂兼エントランスに到着したエルムは、ふと「もう面倒だしその辺で飯食ってる奴に渡せば良くね？」と思い直す。そも、ノルドがいなければアルテなどと考えるのは、単に名前を知ってる相手が少ないからであった。

だが料理を食べさせるだけならば、名前なんて知らなくとも口にねじ込めば一緒である。美味しければ文句も無いだろうと、エルムは食堂で獲物を探し始める。

エルムが食事を持って部屋まで来てくれる甘酸っぱいイベントが何故か消失したアルテの明日はどちらだろうか。


「失礼します。あなたがエルム・プランター様でしょうか？」

獲物を物色していると、エルムは見知らぬメイドに声をかけられた。見覚えが一切無いので、恐らくは外部の人間だと判断する。

着ている給仕服の質も良く、それなりの家に勤めるメイドだと分かる。

ピナフォアア、つまりエプロンドレスを外した状態のそれを見てメイドだとすぐに判断できたのは前世を含めた人生経験のなせる技か。

「そうだが、あんたは？」

「申し訳ありません。主から名乗る許可を得ていませんので、どうかご容赦くださいませ」

深々と頭を下げるメイドに対し、エルムは首を傾《かし》げる。名乗る許可など普通は要らないが、それでもダメだと言うのなら禁止されてるからに違いない。

つまり、名乗りを禁止する程度には面倒事なのだろう。エルムは思考を切って「要件は？」と促す。

「ご容赦頂き、感謝申し上げます。要件はコチラの手紙をエルム・プランター様に手渡すよう言い付けられております」

「……手渡す、と言われてもな。ご覧の通りに両手が塞がってんだよ」

エルムはメイドが差し出す手紙を、受け取りたくても受け取れないのだ。正確には手首に装備してるベースから木の枝でも伸ばせば受け取れるが、そこまでする必要を感じなかったのでサボってる。

「という訳で、手紙は受け取るから代わりにこの鍋持ってくんね？」

「か、畏《かしこ》まりました………」

素直に鍋を受け取るメイドの指に挟まった手紙を引き抜くエルム。特に秘匿したい事情も無いのでその場で無地の封蝋《ふうろう》を開けて中身を読む。

封蝋に紋が無かった時点で察するに余りあるが、エルムが読んだ手紙は予想に違わず面倒事だった。


『ご兄弟を預かった。月が高く昇る頃に、小鬼の里で待つ』


エルムは一瞬、ご兄弟って誰の事だと真剣に悩んだ。何故なら現在、エルムには預かられて困るような兄弟がいないのだ。縁が切られているし、家名も違う。

(うーん、まぁ順当に考えたらノルドの事かぁ？　なんだよアイツ、娼館で遊んでんじゃないのかよ)

即断即決が多いエルムにしては珍しく、三分程熟考してから結論を出した。勿論行くか行かないかであり、ちゃんと行かない可能性も存在した。

「えっと、メイドさん？」

「はい、なんでしょうか」

「あんたの主とやらに呼び出されたっぽいから、その鍋任せて良いか？　中身は食べて良いから、食べ終わったら鍋を返してくれ。寮長に聞けば俺の部屋も分かると思うから、その部屋の前に鍋を置いといてくれ」

「…………え？　えッ!?」

言うだけ言うと、エルムは「ちゃんと食べろよー」と言いながら寮の外に出る。

「………………………えぇっ？」

ボロネーゼを持たされたメイドは、まさかの事で困惑して立ち尽くす。

「さて、小鬼の里って多分ダンジョンの一層か二層だよな？」

何やら不穏な呼び出しを受けたエルムは寮を出て、門限で外出もできなくなる寸前に学校の敷地から街に出る。門番にも止められたが、適当に宿を取ると言って無理に出て来た。

勿論、門を閉められたってエルムなら魔法で出入りも可能なので、予定が終わったら宿など取らずに帰って来るだろう。

「しっかし、この俺を呼び出す場所がダンジョンの森林エリアってマジか？　誰だか知らんけど、無駄な事するよなぁ」

ダンジョンは常に開放された場所なので、深夜でも利用可能。そして日帰りできるような階層に夜潜る者も稀なので、自ずと人目に付かない環境となる。

だからこそ指定されたのだろうが、エルムからすると『目撃者を気にせず殺せる場所』なので無敵な気分である。相手も同じ考えなのだろうが、平和な国の一貴族と救世《くぜ》の勇者を比べてどちらが生き残るかなんて、オッズが偏り過ぎて賭けにならないレベルだろう。

暗くなって人混みが減り、酒場を求めて彷徨《さまよ》う冒険者と春を売る女性ばかりが目に付くようになる時間帯。エルムはなんの気負いもなく大通りを歩く。

その歩みはとても人質を取られて呼び出された者のそれではない。ワンチャン見捨てる選択肢もあったことを思えば当たり前かもしれないが、罠がある可能性を考えたらやはり異常だろう。

ともあれ、元最強の勇者に常人の精神性を当てはめる方がおかしいとも言える。

「さーて、俺を呼び出したのはどこのどいつかな～？」

冷静に考えたらトラブルの最中である公爵が思い浮かぶのだろうが、エルムは自分の立ち振る舞いがヘイトを集める事を理解してる。なので不特定多数から恨みを買ってる事を思えば、この呼び出しが誰からのものか特定できないのだ。

誰が相手でも問題無いと考えてるから真剣に悩んでない事も理由の一つだが、ともあれエルムはダンジョンまで辿り着き、管理するギルドの職員に一つ星のタグを見せて中に入った。手ぶらで。

触媒に使う種どころか、ハルニレも持って来てない非武装だ。幸い着けっぱなしのベースだけはあるが、これがエルムでなければ非武装でダンジョンへと潜る自殺志願者に見えただろう。

螺旋階段を降り、人けの無い準備部屋からスロープの廊下に抜けて進み、見覚えのある森林フィールドへ出る。

「さて、久々に明確な敵を相手にするんだ。手加減は要らねぇだろ？」

早速出て来たゴブリンの首を風魔法で刎《は》ね飛ばし、適当な木に近寄ってその幹に触れる。

魔力に溢れたダンジョンの中で、魔力がたっぷり詰まった樹木に魔法を使うのは極めて消耗が少ない。ほぼゼロと言っても良い。

木の中に詰まったダンジョン産の魔力を自由に動かせる程の腕が前提であるため、誰でもとは行かないある種の絶技。

木から木へ。そして森の全てに伝播《でんぱ》する魔法は、たちどころにエリア全体のマップ状況をエルムに伝える。

現在、一層にいる人間は全部で十人程。時間を考えればそれでも多い方であるが、昼間と比べたら著しく少ない。


「んー、ノルドはいないっぽいな。まぁ出入りが厳重に監視されてるのに誘拐した子供とか連れ込めねぇよな。だが、一層にいる人間全員がソロっていうのは妙な――」

――ギンッ！


マップを確認してノルドの所在を確かめたエルムは、横合いから突然放たれた刃法の『飛ぶ斬撃』をベースから生み出したミニ・ハルニレで弾く。

「――っと！　まぁそうだよな。自分で場所指定して来いって言ってんのに、場所が広過ぎて合流できなきゃただのアホだ。だったら、入口を見張るしかねぇよなぁ？」

「ふんっ、やはり頭は回るようだな」

斬撃を放ったのは勿論、台パンおじさん。フル武装でエルムを潰す気満々の出で立ちでご登場だ。

エルムを殺すと契約の破棄ができなくなるので、流石に殺す気は無いだろう。しかし、殺しさえしなければどうにでもなる。台パンおじさんエギンズはそう考えている。

「まぁ見ての通り、あんたよりは頭を使うのが得意でね。羨ましいか？」

「減らず口をっ……！」

斬ッ、と飾りの少ない実用的な剣を振って刃法を行使するエギンズから放たれる魔法を、エルムは慣れた様子で先程と同じように弾き飛ばす。

「おぉおぉ、効かないって分かったのに同じ攻撃するとこなんて親子そっくりじゃんか。なるほど、クソ弱かったビンビンは確かにお前の血を引いてるらしいなぁ？」

「潰してやるぞクソガキがぁッ！」

エキンズがまたも剣を振ると、今度は一条の斬撃が途中で枝分かれしてホーミングする。ビンズと比べても洗練された実戦用の攻撃だった。

エルムもほんの少しだけ感心しつつ、だが隣に生えてる木を操作して丸ごと盾にして防ぐ。

ダンジョンの一層は全てが森林であり、そう簡単に刃がエルムに届く事は無い。

戦いになれば、自分が圧倒できると考えていたエギンズは流石に目を見張った。今の魔法は、とてもじゃないが学生に防がれるようなものじゃなかったからだ。

「どうした公爵ちゃん、打ち止めか？　疲れたんなら休憩時間挟んでやっても良いぜ？　歳なんだから体を労《いたわ》ってやれよ」

「ぬかせっ！」

魔法でダメなら剣術だ。早々に意識を切り替えたエギンズは牽制《けんせい》に数発の斬撃を飛ばしながらエルムへと肉薄する。

刃法が何故神聖視されるか。何故攻撃しか能が無いくせに有難がられるのか。これがその答えである。

魔法使いはあくまで魔法使いなのだ。戦士の後ろで大技を用意する、固定砲台としての運用が基本であり、近接戦闘までこなせる魔法使いは多くない。

しかし、刃法は剣術と密接に関係する魔法であり、刃法使いはそのまま剣士でもある。魔法使いでありながらも魔法使いに対する優位性を最初から持っている唯一の系統。

「ぬっ──────!?」

「甘いぜオッサン」

だが、エギンズの自信はまたも砕かれる。鋭い斬り下ろしをエルムはナイフ程のリーチしか無いミニ・ハルニレで受け流し、まるで熟練の剣士が如くカウンターを打ち込む。

エルムの反撃に慌てて下がるも、いつの間にか足へ絡んだ細い木の根によろめいてしまう。

「くッ、何故お前が──────！」

──何故お前が、秘伝の勇者剣術を使えるのだ!?

エギンズの内心で叫ばれた悲鳴のような疑問。

最後までは聞こえてなかったはずのエルムは、だがいやらしく笑うのだった。

◆

「さぁ、狩りの時間だぜぇ～？」

エギンズは逃げている。

まだ大して魔法も使ってないエルムに対し、実力に自信のあったエギンズはあっという間に劣勢へと叩き落とされていた。

（何故、何故奴がブレイヴフィールに伝わる剣術を使えるのだ……!?）

ブイズ・ブレイヴフィールが考案した剣術は、刃法を効率的に組み込めるように体系化されている。しかし、刃法も特殊とは言え魔法には違いない。つまり他の系統でも魔法と剣術を結び付けるならば有効な技術だった。

プリムラ・フラワーロードとブイズ・ブレイヴフィールは同じパーティであった事もあり、ブイズの剣術を直接教わっている。ともすればそれは、連綿と受け継がれて来た秘伝の剣術よりもフレッシュだった。何せ生み出した本人から教わったそのままなのだから。

連綿と磨かれた三百年の剣術か、開祖から学んだ生の剣術か、どちらが優れているのかが今ここで証明される。

「おいおいどうした？　なんで逃げるんだ？　自分で呼び出したのに持て成しの一つもしないのがブレイヴフィールのやり方なのかぁ～!?」

「う、うるさいっ！」

「どうせ契約の破棄を迫りたかったたんだろぉ？　ほら、お願いしてみたらどうだ？　もう勝ち目が無いから情けをくださいってさぁ！　負け犬らしく尻尾でも振って媚びろよ雑魚がぁ！」

「ぐっ、このぉ――――！」

遊ぶように追い掛けるエルムが、木の根を操作してエギンズの足を取ろうとする。それに気を取られてしまえば、今度は下げた視線の外から不自然に伸びた木の枝が行く手を遮る。

地味ながらも効果的で、そして魔力消費の少ないちょっとした魔法である。そもそも、エルムはこの環境で魔力なんて必要としないのだが。

「へいへいどうした公爵ちゃん！　十二歳児相手に苦戦する武門の当主とか存在価値ねぇよなぁ！　くしゃくしゃに丸めてポイしてやるから逃げんなよオラァッ！」

木の根と枝。些細《ささい》な妨害ばかりに気を取られたエギンズはトレントのように殴りかかって来る樹木に対応できなかった。小技に慣れさせてから大技。単純なテクニックではあるが使い手の練度次第で一撃必殺にすらなる有効な戦術だ。

「がぁぁあッ――――!?」

「へーい、頭スッカスカで軽そうだからよく飛ぶじゃーん！　貴族家の当主よりボールの方が似合ってんじゃねぇの？　手足もいで転職させてやるよぉ！　野球しようぜ磯○ぉー！　お前ボールなぁ!?」

まるで主の帰りに頭を下げる使用人の如く、吹き飛ぶエギンズを邪魔しないように道を空ける樹木達。

追い掛けるエルムは道すがら木々の枝葉を毟り取り、ミニ・ハルニレに取り込んで通常のハルニレサイズに戻す。

ついでに、新しくミニ・ハルニレも数本用意し、慣れた手付きでエギンズへ投擲。

「なッ、……めるなよ小僧ぉぉおお！」

地面を滑るように体勢を立て直したエギンズは剣を三度振って投擲を捌き、そして四度目の斬撃に魔力を込めて魔法を飛ばす。

「バカの一つ覚えって言ったらバカに失礼かぁ～？　今どきバカだってもう少し物覚え良いもんなぁ？」

だがエルムは、そんな攻撃をハルニレの一振りで消し飛ばしてしまう。

「くそっ、なんなのだ貴様はぁ!?」

「悔しいねぇ？　十二歳の子供に好き勝手されて悔しいねぇ？　惨めだねぇ？　戦闘力十二歳児以下の当主なんて恥ずかしいねぇ？」

苛立《いらだ》つように叫んだエギンズに、エルムはニタニタといやらしい笑顔でその心を引っ掻いて行く。

「なぁ大丈夫？　生きてて辛くない？　イケイケで襲いかかったくせにこんな子供から返り討ちにされて、人生まるっと無駄じゃない？　恥辱にまみれて吸う空気は美味いかぁ～？　ほら深呼吸してみろよぉ〜」

　エルム・プランター、絶好調である。

「貴様、兄がどうなっても――――」

「んぶフッ……！　くひひっ、おいおい！　この期に及んで人質交渉ってマジですかぁ〜⁉　頭沸いてんのかよ公爵ちゃんさぁ！」

　エルムは両手をすいすいと空中で動かし、周囲の樹木を操作していく。地面から根を引き抜き、自律して歩行する木々が決して逃げられないバトルフィールドを作り上げて行く。

「どう見ても俺はそんなタマじゃないだろうよ！　あぁ⁉　お兄ちゃん大好きっ子にでも見えましたかねぇ⁉　冗談は顔だけにしろやジジイ！　そのツラよりオツムの方が不細工な作りしてっと不憫過ぎて笑けて来るぜ！」

　完成した闘技場のただ中で、エルムはクソ舐めたツラで言ってのける。

　オモチャを取られるのは癪《しゃく》だが、代わりにエギンズというオモチャが手に入るならそれでも良し。エルムが今回素直に呼び出されたのは、どっちでも良いからオモチャを回収する為だった。

　本来ならある程度痛め付けてから交渉に入るはずだったエギンズは、予定通りに行かず傷の一つも付けられないエルムが段々と化け物に見えて来た。

　本当に、目の前の人間は子供なのだろうか？　人の皮を被った悪魔なのでは？

　エギンズの不安は、実のところ大正解だった。前世を足したらむしろエギンズよりも歳上であるし、エルムが悪魔なのは言うまでもない。

悪魔でなければ子供を大衆の下にひん剥《む》くなんてできるはずが無かった。

今だって、やる気になれば一瞬で終わらせる事も叶う状況にありながら、あからさまに手を抜いて遊んでいる。正しく悪魔だろう。

「ところでさ、気付かないか？」

「…………な、何をだ」

おもむろに、エルムが攻撃の手を止めて語り掛けた。ダメージが無視できない程度には蓄積していたエギンズはそれに乗る。

「あんたは契約の破棄が目的だろうから俺を殺せないけどさ？　俺、別に今ここであんたを殺しても困らないんだよね」

「――――ッッ！」

「有難い事に、どうやら人避けもしてるみたいだし？　目撃者がいないよねぇ～」

心底意地の悪い笑顔を向けられたエギンズは、その場で目的を逃走に切り替えてエルムと反対方向に走り出す。ここに来てやっと、狩られる立場を自覚したのだ。

「おっと、まだ逃がさねぇよ？」

ギッチリと詰まった木々を刃法で斬り拓《ひら》くエギンズの背後から、ハルニレを振り被ったエルムが襲いかかる。

振り返り、斬り下ろされる木刀を剣で横に逸らし、柄頭《つかがしら》を鳩尾《みぞおち》に叩き込もうとする。が、それよりも前に柄を握る手を真上に蹴り飛ばされる。

それならばと軸足を蹴りで刈ろうとして、しかし蹴り抜いたエルムの足に緑色のツタが絡んで、一気に真上へと引き上げる。

「なんッ!?」

「三次元殺法は魔法使いの基本だぞオッサン」

ツタで逆さ吊《づ》りにされたエルムが崩れ切った体勢のまま真下からハルニレを斬り上げる。

「ぐっ、……ぅぉぉぉおおおおおおおおッ！」

「うーん、二十点」

回避は無理。そう判断したエギンズは刃法ではなく燐法を使って、全身から炎を噴き出して緊急回避を試みる。この方法は現代魔法使いの間では対近接用の緊急回避としてはポピュラーなものだったが、エルムはつまらなそうに呟いて扇法をぶつける。

「そらよっ」

「んぐぅッ――――――!?」

荒ぶる炎を吹き散らし、一瞬の隙間にハルニレをねじ込んでエギンズの胸を浅く斬り裂いた。

一撃を加えたエルムは追撃をする事も無く、足を引っ張るツタを切り離して地面に降り、ハルニレで肩をトントン叩いてエギンズに向き直る。

「炎って現象は、熱が十分に伝わってやっとダメージになるんだよ。物には熱伝導率ってものがあってな？　空気は熱伝導《それ》が結構低くて、一時的な防壁に使えるんだ。だから風で吹き散らして逆に火の勢いが強まろうと、斬撃を叩き込む一瞬くらいの隙は作れる。…………一つ勉強になったなぁ？」

仮に、寮の部屋に置いて来たハルニレだったらこの一撃で決着していた。ハルニレは一撃必殺の武器であり、斬られたその時点で負けが確定する。

幸い、剣としての機能と形だけを整えた即席のハルニレは、一瞬で相手を毒に犯すほど凶悪な性能を有していない。ただ、誰にとって『幸い』だったのかは賛否両論あるだろう。

「ほら逃げな？　人払いに使ってる奴らも巻き込んで良いから必死に逃げろ？　じゃないとすぐ死んじゃうぞぉ〜！」

哄笑《こうしょう》と共にエルムが振り上げるハルニレが、ビキビキと音を立てて巨大化する。鍔元から伸びた枝が地面に刺さり、根を張り、自重を支えなければ霊法でバフをかけても体勢を維持できない程に質量を増大させ――――。


そして振り下ろされる。


爆音。轟音《ごうおん》。それをたとえる言葉は多々あれど、どれもその威力を正しく表現できてない。

辛《かろ》うじて攻撃を避けたエギンズは、心底肝が冷えていた。

(――――私はいったい、ナニに手を出したんだッ!?)

エルムの大切断によって穴が開いた闘技場から飛び出すエギンズは、もはやどうすれば生き残れるかだけを考えている。

契約の破棄など既にどうでも良い。このままでは生命が危うい。

恥も外聞も無く逃げ出すエギンズを、エルムはただ笑ってゆっくり追い掛けた。

木々に行く手を遮られながら走るエギンズとは違い、ダンジョン一層の植物はすべからくエルムに味方をする。本気で走るエギンズの後ろを、ジョギング程度の小走りで追い掛けても距離が離れない程に森そのものから忖度を受ける。

「はははははは！　そんなにケツ振って逃げんなよ誘ってんのかぁ!?　ゴブリンだってもう少し慎み深く生きてるぞぉ!?」

悪魔が背後から追い掛けて来る。渾身の魔法をあくび交じりに消し飛ばし、自慢の剣術でさえ傷一つ与えられない。そんな十二歳児の皮を被った悪魔が高笑いしながら追い掛けて来る。

「うおぉぉぉぉぉぉぁぁぁぁああああああッッ！」

エギンズは走った。太い木の根を跳び越え、邪魔な枝を剣で打ちながら死ぬ気で走った。

エルムに掌握された森の中で、脱出など不可能である事など知らずに、エギンズは走り続けた。

「あははははははははっ！　あーはっはっはっはっはっはっはぁ！」

これは貴族と平民の争いではない。

悪魔と生贄の喜劇である。

そして始まる唐突なホラー回。

男は後悔していた。

いくら唸るような金貨を積まれたとて、それも命あっての物種。人は死を厭《いと》うくせに、殊更自身の死については無頓着《むとんちゃく》だ。何故だか自分は死なないと思い込み、無茶な仕事も受けてしまう。

「はぁ、はぁ……」

荒くなった息をどうにか整え、不気味な森を窺う。

ここは既に、化け物の腹の中。

依頼人がどうしてあんな化け物に手を出したのか分からないが、その獲物として自分も狙われている事実が何よりも心胆を寒からしめる。

「くそっ、なんだってんだよ……！」

一層で活動するゴブリン達がぎゃあぎゃあと騒ぐ声を遠くに聞きながら、男は周囲の変化が無いかを探す。

逃げ出せれば良いが、もう既に何回も挑戦して失敗した。既にこのダンジョン一層は奴の手の内。逃げ出そうと準備部屋に繋がる洞窟に向かおうとも、木々が邪魔をして気が付くと元の場所に戻っているのだ。

こうなれば、もはや根元を断つより生きる道無し。

そう決心し、男は手にした槍を強く握り込む。来るなら来い、串刺しにしてやる。怯え切った心をそんな虚勢で慰めるのが精一杯だった。

——…………パキンッ！


「うぉらぁぁぁぁぁあああッ！」

乾いた枝が踏み折られる音に、男は過敏に反応して薮《やぶ》を槍で貫いた。

しかし、何かを刺した感触に槍先を見てみれば、薄汚れたゴブリンが串刺しにされて絶命していただけ。

「な、なんだよクソッ、驚かせやがって……」

緊張から解かれた男の心臓は安心感から拍動を増し、嫌な汗が顔から噴き出す。

背にした木に寄り掛かり、深く息を吐き出す。精神的に限界が近い。どこかで心を落ち着かせなければ。そう考えた男が、寄り掛かった木の感触に違和感を覚えて背後を見る。そして——。


「やぁ」

樹木から生えた化け物《エルム》を見た。

「うぎゃぁぁぁぁぁぁぁぁぁぁぁぁあああああああああああっッッ!?」

思わず槍を突き出し、木の幹から生えた首を貫く。

殺《と》った。そう思ったのも束《つか》の間、化け物は額に生えた槍など気にした様子も無くにょきにょきと木から出て来る。

「うわっ、うわぁ、ぁぁぁぁぁぁあああああああっ！」

「やぁ」

「嫌だぁぁぁぁぁあああああああ!?」

ズルズルと木から生えて、最後には全身が出て来た化け物を見た男の精神は半ば崩壊した。

相棒である槍も手放し、ただ怖いものから離れたいという思考のみで走り出す。

しかし、どこからか飛んで来たツタに足を取られて盛大に転ぶ。

「い、嫌だっ！　嫌だ嫌だ嫌だ嫌だ嫌だぁぁぁぁあああああ！」

そしてずりずりとツタに引き摺《ず》られ、怖い怖い化け物《エルム》の元にゆっくりと戻ってしまう。必死に抵抗し、爪が割れようと気にせず地面を掻いて前に進もうとするが、植物の力に勝てず指から血が流れるだけ。

刻一刻と出発地点に戻されるさなか、止めとけば良いのに男は一度振り返ってしまう。

「やぁ」

さっきまで人の形をしていたはずの相手が、体中から深い緑色のツタを生やして自分に伸ばしてる光景が目に入る。

「ば、化け物がぁぁぁあああああああああ！」

段々とツタの数が増えていき、エルムの顔すら半分崩れて中からツタがうじゅうじゅと生える。

あまりにも人間から掛け離れたその姿に、男はエルムが人に化けてた魔物なのだと確信する。

「嫌だぁ！　死にたくっ、死にたくなぁぁぁあああいッ！　嫌だぁぁぁぁぁあ！」

依頼なんて知らない。二度と手を出さないから。そう願って聞いてくれる人間が相手なら良かった。だが相手は草の化け物。命乞いなんて聞いてはくれないだろう。

「助けてッ……！　誰か助けてくれぇぇぇぇぇええええ！」

いっそ滑稽《こっけい》なまでに怯える男を眺めるツタの怪物、エルムは。


心底楽しそうに微笑んでいた。

「やぁ」

◆

女は後悔していた。

「こんな化け物が相手だなんて聞いてない！　森を丸々一つ掌握するような魔法使いなんて、それこそ御伽噺の魔女プリムラじゃないの！」

女は走る。ひたすら走る。系統外ながらも霊法によるバフを得て、決して出口には辿り着けない森をひた走る。


――ガサリッ。


「――――っ！　また出たわね、この化け物！」

木々と藪と獣道が、まるで獲物を誘導するようにうねる森を走ると、草木を掻き分けて時折ツタの化け物が現れる。

『やぁ』

『こここここんばんわわわわ、おじじじじじょうさささささん』

「死ねぇ！」

蓮の花を頭に付けたツタの怪物。エルムが生み出したキラープラントがゾンビゲームもかくやという具合に出現する。ついでに恐怖心を煽るようなノイズ混じりのボイス機能付き。

「氷を我が手に！　食らえぇぇぇぇ！」

女は魔法使いであり、攵法を得意としている。生み出した氷の矢は狙い違わずキラープラントの花を貫く。

近づかれる前に殺す。それがこの化け物の攻略法だと女は気付いた。何故なら無数に伸びる細いツタの一閃でさえ傍に生える木を叩き折るのだ。近づかれた瞬間に命が終わるのは自明の理。ちなみに、花を壊すと活動を停止するのはエルムがそう設定してるだけで、本来ならどこを壊されても魔力が無くなるまでは動ける。

「はぁ、はぁ、はぁ……」

先程から、これの繰り返し。女は思わず足を止めてしまう。その一瞬で藪から伸びたツタが女の足を絡め取る。

「しまっ――――」

信じられない膂力《りょりょく》を誇るツタに足を取られて宙吊りにされた女は、死を悟って走馬灯を覗《のぞ》き込みながら、しかし諦める事はなかった。

「数多よ凍えろ、厳冬の息吹！」

エギンズがエルムから距離を取ろうとした時にも使った対近接の魔法。それも、生半可なダメージでは痛痒《つうよう》にもならないと、女が持つ魔力の八割が練り込まれた特大の冷気。

凍り付くツタ。ひび割れる花。全てを出し切った時には、周囲一帯が白銀の世界に変わっていた。

バキンと硬質な音と共に地面に落ちた女は、加速した思考が元に戻り荒い息を吐く。

「――――はぁっ、はぁ、はぁ……！　生き、残ったの……？」

周囲が纏めて、これ程に凍り付いているなら、あるいは数分程度の休憩は可能じゃないかと女は気を抜く。

そして地面に投げ出されたままの姿勢で、ゆっくりと空を見上げ、ダンジョンの空に被さる凍った木々の枝から――――

「やぁ」

ツタに侵食されたエルムの顔が生えていた。

「きゃぁぁぁぁぁぁぁぁあああああああああああぁッッ……!?」

不気味にツタが蠢《うごめ》く顔でニッコリ笑うエルムは、生き残れたなら夢に出る事間違いなし。

「ひッ……!?」

気が付けば、凍った木々の隙間から現れるキラープラント。凍った森の四方八方からうじゃうじゃと出て来るツタの化け物。

「い、いや……嫌だ…………」

もはや女に、それだけの数に抵抗するだけの魔力が残ってない。

ずるっ、ずるっと音を立てながら迫り来るツタ、ツタ、ツタ。

ムチのように振るわれるそれが氷を打ち砕きながら迫る様子が、女の未来を暗示してるようだった。

後退《あとずさ》るも、逃げ場などどこにも無い。その後退る背後からもキラープラントは迫っているのだから。

そしてドッと何かにぶつかり、女は恐る恐る背後を見る。


「やぁ」

そこにはツタの怪物よりも恐ろしい化け物が笑っていた。

◆

「んくふふふふっ、コイツら反応良過ぎだろっ……！」

唐突なホラー回を生み出した元凶、エルム・プランターがくつくつと笑って肩を震わせている。

場所は欠法使いの女を仕留めた場所で、足元にはぼろ雑巾のようになって事切れた女の遺体が転がっている。

「いやぁ、リアクション自体は最初に殺したアイツが一番だったが、最後のコイツもなかなかだったな。慣れてからはアクション寄りになった某ゾンビゲーばりに戦ってたけど、やっぱ死ぬ間際の反応は真に迫ってたよな」

しゅるしゅると動くツタに顔の半分が冒されたまま笑うエルムは、控え目に言ってもただのモンスターだった。

何故そんな事になってるのか。答えは『生物と植物の境界を破壊する』という樹法の奥義を使ってるからだった。

概念魔法と呼ばれるもので、エルムのこれは生物を植物に、植物を生物にできる樹法の絶技。

この魔法によって体の一部を植物化したり、植物と一体化してワープまがいの事をしてるのだ。

本来ならば数秒使っただけで今のエルムをして魔力が枯渇する程の大魔法だが、ダンジョン内の森林エリアにのみ限ってほぼ無制限に使えるらしい事が分かった。

「くふふ、いや楽しいなコレ。定期的に冒険者もこうやって脅かして遊ぼうかね？　その時は流石に殺さねぇけどさ」

エルムは指先からツタを伸ばし、凍った木々を掻き分けて無事な樹木に触れ、魔法を使う。森からマップ情報を貰うのだ。

「…………ふむ。生き残りは二人で、一人は完全に無関係っぽい冒険者だから実質一人」

森から見た無関係な冒険者は、今も一人でゴブリンを探しては殺している。エギンズやその仲間達の様子を窺う素振りも無く、なんなら森に響き渡った絶叫に驚いて跳び上がっては不気味そうにしていただけだ。

確かに、ゴブリンくらいしか出ないダンジョンの一層から迫真の悲鳴が聞こえたら不気味だろう。それもコンスタントに十回近く聞こえたのだ。どれだけの数の初心者がゴブリンに負けて凄惨な目に遭ったんだと。

「さて、公爵ちゃんはあっちか」

マップの再確認をしたエルムは、エギンズがいる場所に視線を向けた。

欠法使いの遺体にミニ・ハルニレを投げて突き刺した後、エルムはゆっくりと歩き出した。途中でその辺の木々をキラープラントに作り変えて送り出す。欠法使いに潰された分を補充してからエギンズへと放ったのだ。

既に相当数のキラープラントが森に放たれ、エギンズも何回か襲われてるだろう。奴はまだ「やぁ」の恐怖を知らないが、エルムがノリノリである以上は時間の問題だった。

「まだまだ遊べそうだな。……いや、始めてから何時間経った？　朝には帰らないと双子が心配するか？」

元勇者は夜通し戦う経験なんてザラにあり、一日くらいオールで遊んでても問題無い。だが双子には出掛けて来るとも知らせずに来たので、できれば起きる前に帰ってやりたいエルムだった。

「書き置きくらいすれば良かったか？」

勉強し、急速に読み書きを覚えて行く双子は書き置きもちゃんと読める。それも書き置きを残していたらの話で、寝てるから良いかとそのまま出て来た事をエルムは反省した。

「土産でも用意できれば良いんだが、公爵ちゃんの首なんて要らねぇよな？　そもそも公爵ちゃんは殺す気ねぇし」

困った事に、ダンジョンの一層には土産向きの産物が何も無い。

そんなこんなで、エルムはエギンズを目視できる距離にまで来た。見付かると台無しなので、エルムは近くに生えた樹木の中へと潜り込む。これでどうやっても見付からない。

しかし、人の気は絶えず。エルムが消えたその場所に、ぞろぞろと屍人が現れる。

概念魔法によって干渉され、死したまま動かされているエギンズ側の手勢だ。

「さぁ、まだまだホラーは終わらないぜ？」

木の中を移動しながら、ツタや枝葉、木の根を動かして木々を接続しながら外道が嗤う。

「…………それと、部外者っぽい奴も追い出しとくか。逆に邪魔だしな」

◆

冒険者は後悔していた。

夜の探索なんて止めておけば良かったと。

「な、なんなんだよ、さっきから！」

コンスタントに響き渡る悲鳴。ともすれば、それは断末魔のようで。

…………実際、断末魔なのだが。

ともあれ、ゴブリンしか出て来ないはずの階層でこんなにも阿鼻叫喚を声音だけで表現される悲鳴など絶対におかしい。そのくらいはうだつの上がらない万年白一ツ星だって分かる。

だが分かったところで、冒険者は探索を止めない。何故なら単純に金が無いから。

「くそ、なんだってんだよ。こっちは妹の薬買う金が足りねぇんだぞっ」

この探索者は孤児だった。幼く病気がちな妹を一人抱え、事故で死んだ親の代わりにずっと働いて来た。

劣悪な待遇だろうと、金が貰えるなら喜んで日雇いの仕事に飛び付いた。子供だからと満額貰えない事も多かったが、幼い妹を食わせて行くにはそれしか無かったから。

そうして時が過ぎ、少しずつ貯めた金で装備を買って冒険者に。ダンジョンでなら待遇も皆同じ。実力が物を言う場所であり、ここでなら自分も唸るような金が稼げると信じていた。

しかし現実はいつも、ただ在るべくして、在るように過ぎる。冒険者となった少年が青年へと変わる頃には、万年白一ツ星から抜け出せない底辺として根付く。

それでも、子供の頃よりは稼ぎが良い。それでも良い。やっと大きくなって来て、もうすぐ自分の手を離れるだろう年齢になった妹が不自由しないなら。自分は最底辺でも構わない。

――そう、思っていたのに。

妹が病気になった。元々体が弱く病気がちな妹ではあったが、それもよく熱を出すとかその程度の事だった。なのに、やっと妹の独り立ちも見えて来たこの時に、かなり重い病を患ってしまったのだ。

冒険者はバカだった。バカ故に、妹を切り捨てるなんて選択肢を最初から知らない。

自分の人生を食い潰す妹の事を、煩わしいなんて思わない。思えない。そんな発想がそもそも無い。ただひたすらに愚直な男だった。

今だって、ほんの少しでも多く稼いで妹の薬を買う為に夜まで探索をする程に。

だか、そんな男だからこそ、そんな男にこそ、幸運とはやって来るのかもしれない。

踏み出さなければ、不幸も踏まずに済む。だが、踏み出した先にしか幸運は落ちてないのだから。


「やぁ」


ガサッと、茂みが鳴ってビクッとする冒険者は、その茂みから現れた少年に声をかけられた。

「な、なんだよ……！　驚かすなっ」

「あーいや、悪いね。こんな時間に一人で探索してる冒険者が珍しくて」

黒にしか見えない濃い茶色の髪をした少年は、驚かせた事を詫《わ》びるように頬を掻いた。

「おっ、お前だって一人じゃないか」

「確かに、人の事は言えないな。でも装備を見るに、そこまで食うに困ってる様子じゃない。夜にまで探索する必要は無いだろう？　俺はこの時間に用事があっただけだが」

「別に、良いだろ。妹が病気になったから、少しでも多く稼ぎたいんだ。…………もう良いか？　俺も暇じゃないんだ」

「…………………ふむ。妹さんが、病気」

冒険者に声をかけた少年、つまりエルムだが、少し考えてから予定を変えた。

本当は、普通に驚かして追い出すつもりだったのだが、ここで追い返して収入が減ると自動的に冒険者の妹にも被害が出ると考えたのだ。

エルムは基本的に、子供の味方だ。生意気なクソガキを潰す事に躊躇いは無いが、それでも『子供は養われるべき』という日本人らしい考えが根底にある。

何故ならエルムも日本で養われて何不自由なく育ったし、転生後の人生も長閑《のどか》な農村で平和に暮らしていた。大人が子供を養う。子供には何もできないから、そういう種族だから、人間であるならば子供を慈しむべきである。二度の転生と三度の人生を経て固まったその価値観は、そう簡単に揺らぐ事が無い、

「なるほど。ちなみにどんな病気か聞いても良いか？　俺、少しだが医学の知識もあるんだ。力になれるかもしれん」

「本当かっ⁉　嘘だったらぶっ飛ばすぞ⁉」

必死だな、とエルムは思った。ついさっきまで人を殺して回ってた心が落ち着いて行くのを感じる。

それだけ妹が大事なのだろう。自分の睡眠を削ってまで助けたい妹なのだろう。なんだかエルムは、双子を可愛がる自分と重ねて冒険者を応援したくなっていた。

「嘘じゃない。ただ、医者って訳じゃないから確実にとも言えない」

「そ、そうか。怒鳴って悪かったな……」

そうして、冒険者はエルムに妹の症状を伝えた。

「最初は、食事の量が減ったんだ。その時は食欲が無いだけだと思ってたんだけど、そのうち足が痺《しび》れたり、疲れやすくなって……」

「………ふむ。もしかして、その後は体が弱って歩けなくなったり？」

「分かるのかッ!?」

エルムは安堵した。簡単に治せる病気で良かったと。断定は危険だが、エルムが妹さんに会って膝《ひざ》を叩く反射テストをすれば、十中八九動かないだろう。脊髄反射消失も有名な症状の一つだ。

「それは恐らく、チアミン欠乏症だな。幸い、食事を改善すれば治るはずだぜ。まぁ違う病気だった場合は治らないが」

チアミン欠乏症。つまり脚気《かっけ》である。

日本では江戸時代に流行した『江戸煩い』であり、米食が広まって起きたビタミンB1の欠乏によって末梢《まっしょう》神経障害と心不全を引き起こす疾患だ。

「どど、どうすれば治る!?　妹は元気になるのかっ!?」

「そうだな。豆と豚肉、後は野菜か。あと果物とかもあれば良い。多分今って、白いパンとかばっかり食ってねぇか？」

パンにもビタミンB1は入っているが、しかしパンから得られる糖質の代謝に消費されるので栄養の摂取源としては不適格だ。

「……たっ、確かに妹は、パンばっかり食べてる。貧しい頃に酸っぱくて不味《まず》い黒パンばっかり食べてたから、初めて白パンを食べてからずっと大好物なんだ。甘くて美味しいって………」

酸っぱい黒パン。乳酸発酵もするライ麦系のサワードウだろうが、チアミン欠乏症にはそちらの方が相応しい。貧乏を脱した代償で病気になるなんて、随分と皮肉な話である。

「………で、でも！　他の人だって白パンは食べてるだろう⁉　俺だって食べてる！　でも病気になんてならなかった！」

「他の人は色々食ってるから大丈夫なんだよ。だが、パンだけ食べるのはダメだ。人が食事から得てる滋養ってのは種類があってな？　肉から得られる滋養。野菜から得られる滋養。小麦から得られる滋養。これ全部別物なんだよ。で、どれかが不足すると人は病気になる。ある意味、肉ばっか食って太るのも病気の一種だからな？」

冒険者の男は驚いた。妹の食生活まで当てられ、目の前の少年は本当に医学の心得があるらしいと理解し、感心した。

もしかして、本当に妹の病気は治るんじゃないかと希望が灯る。

「じゃぁ、しっかり色んな食事を食べさせれば、それだけで妹は治る……？」

「俺が睨んだ病気なら、ほぼ確実にな。違ったらごめんな？　その時は魔法学校を訪ねてくれ。エルム・プランターに会いたいと門番に言えば多分大丈夫。……そうだ、せっかくだからコレもやるよ」

エルムはおもむろにソレを取り出して、冒険者に投げ渡す。

「こ、これは？」

それは小瓶に詰まった粉だった。勿論エルムがこの場で生成した物である。

ビタミンB1を効率的に摂取するなら豚肉がダントツだが、生憎とエルムは樹法使いである。概念魔法を発動中の今ならできなくもないが、植物でも良いならそっちの方が楽なのは間違いない。

だからエルムは、大豆とゴマの粉末を用意した。どちらも植物の中ではビタミンB1の含有量が特に多い物である。

「妹さんに足りない滋養を粉末にしてある。それを水とか料理にでも混ぜて出せ。一日に小さい匙《さじ》一杯で良い。早ければ一週間くらいで改善の兆しが見えるはずだ」


何度もお礼を言って去って行く冒険者を見送り、エルムは一息つく。

「ふぅ、追い出そうとしたら何故か人助けしちまったな。まぁ公爵ちゃんの悪足掻きのお陰で無辜《むこ》の民が一人救われたんだから、貴族である公爵ちゃんも本望だろ」

エギンズがエルムを呼び出さなければ、あの冒険者もエルムと出会う事無く、食生活を改善するだけで治る病気に大金を使い続けただろう。

バタフライエフェクトとは言わないが、世の中なんてそんなもんだとエルムは笑った。

「よーし、この善行の代金を公爵ちゃんから徴収しようかね！　お代はお前の悲鳴ですよぉ～」

善行で心が洗われる。なんて事は特に無く、エルムはまた歩き出す。やると決めたらやるのだ。

エギンズの心が折れるまで、エルムは止まらない。

エルムが自分に課してるオーダーはエギンズの不殺。殺しても良いが、樹法のポジティブキャンペーンをして貰った方が後々の為になる。その為に死ぬ程煽って心を殺す。

まさに趣味と実益を兼ね備えたパーフェクトなプラン。その実行に些かならず人の心が欠けてる事以外はなんの問題も無ぃ。

「さぁ、ラストスパートだぜ公爵ちゃん。最後まで俺を楽しませてくれや」

不気味な森が、今もエギンズを見守っている。

◆

エギンズは後悔していた。

悲鳴が聞こえる。何回も、何回も、自分が雇った手勢が叫ぶ絶望がエギンズの耳朶《じだ》をぶっ叩く。様々な方向から、コンスタントに時間差で聞こえて来る。その真に迫る悲鳴が聞こえる度に、エギンズの顔が青くなる。

そして、ついには悲鳴が聞こえなくなる。

「まさか、全滅したのかっ……？」

エギンズは自分の手を出した相手が慮外の化け物だと思い知った。だがどうする事もできない。

「奴は、人の皮を被った怪物だ……！　あんなものと知っていれば、こんな事には………」

そうは言うが、遅かれ早かれ変わらない未来だったはずである。そも、エルムに絡んだ最初のバカはブレイヴフィール家の末っ子であり、そうして引っ張り出されたのがビンズである。ここにエギンズの手管は関係無い。ビンズが決闘にて惨敗し、エギンズが引っ張り出された事も予定調和。その先の契約はエルム主導の為、エギンズの意思は関係無い。

となれば、ゲームを妨害されてクリア不能となってから今までの思考に『エルムの強さ』なんて情報を足したとて、そこまで結果が変わったとは思えない。良くて唯々諾々《いいだくだく》と負けを受け入れる未来があったかもしれない程度。

「襲って来るツタの化け物も、いったいなんなのだ！　この階層にあんな魔物はいないはずだろう!?」

今もずりずりと音を立てて、森の中を徘徊《はいかい》するツタの化け物《キラープラント》。エギンズも度々襲われ、斬撃を飛ばす事でなんとか凌《しの》いでいる。魔法使いとは違って近づかれてもツタを斬り落として対抗できるが、それでもほんの一本斬り損じた時点で叩き潰されるような戦闘は御免こうむる。

「どこから来る……？　どうすれば外に出られる？」

エギンズは熟考する。ダンジョンから出たとて、エルムの脅威が消える訳じゃない。しかし、出ない事には始まらない。と言うか終わる。人生が。

「この際、もう契約が履行されるのも仕方ない。どうにか謝罪をして契約を緩めて貰う他ないが、それも叶わないならば息子を立ち直らせて、急いで引き継ぎをせねば………」

一向に光が差さない暗雲のような状況の中で、なんとか解決策を探すエギンズ。

人は、全力の思考と全力の緊張を同時には行えない生き物だ。

思考をすれば緊張が緩む。緊張すれば思考が固まる。古来よりそうなってる。

キラープラントは確かに脅威だったが、エルム本人と違って自分の実力で撃退できる現状から、エギンズは緩んでしまったのだろう。だから――


――ボコッ。


地面から生えた人の手に、容易く足を取られて転んでしまう。

「んぐっ――!?」

流石は武門を名乗るだけあり、エギンズはすぐに受け身を取った。だが何が起きているのか分からずに混乱し、ほんの数秒だが惚《ほう》けてしまう。これが戦争を知らない弊害か。

ボコ、ボコボコッと、エギンズが数秒も放心してる間にも、地面から生えてエギンズの足を掴んだ手の主は地の底より這《は》い出て来る。

「…………おっ、お前はッ!?」

それはエギンズも知った顔だった。何せ、自分が連れて来たのだから。

『あぅヴぁぁあ…………』

エルムによって最初に殺された私兵は、キラープラントによって腕や首がへし折られ、体の節々からツタがうねり、潰された目からは毒々しい色の花が美しく咲き誇る異形。

まさにゾンビ。

それも植物系の生物災害で出現するタイプのゾンビ。某泣けるぜ系イケメン主人公を擁するゾンビゲーで、リメイク版の二作目に出て来るゾンビ。

知る人が見れば「イビーさん!?」と叫んだ事だろう。グロテスクさは足りないが、間違いなく奴の系譜である事は分かる。

もう紛う事無きゾンビ。完全にゾンビ。とにかくゾンビだ。

「うっ――――」

死体が動く。その根源的な恐怖に、平和にどっぷり漬かった武門の当主の精神にヒビが入る。

「――――うわあああああああああああああああああああッッ!?」

あまりにも突然に強めのホラーをぶち込まれ、パニックに陥るエギンズ。

足を掴むゾンビの手を空いた足で必死に蹴り付け、解放された瞬間に地面を転がりながら無様に走り出す。

「あああああああああああああッッ!?　うぁあぁあっ!?」

お手本のようなパニックだ。教科書に載れるかもしれない。

叫び散らして森を走る。今のエギンズを見れば脱兎《だっと》も帽子を脱いで勝ちを譲るだろう。正しく脱兎の如く森を走る。

しかし行く手の先に、木の枝からボトッと落ちて道を遮る新手のゾンビ。某ゲームお決まりの演出だ。

『ヴぁぁあぁあぁ………』

「うぎゃぁぁぁぁぁあああああああああああああああッッッ!?」

その後も、倒れて動かないと思ってたのに動き出すゾンビ。角待ちするゾンビ。上から来るゾンビ。ゾンビの中からゾンビ。倒したと思ったら第二形態ゾンビ。もうとにかくゾンビ。

某ゲームにて様式美とすらされているゾンビのフルコースを生身で味わい尽くしたエギンズは、あっという間に身も心も疲弊していた。

この世界には、アンデッド系のモンスターがいない。昔はアンデッド系の魔族がいた為に一応存在はしたのだが、魔王が滅ぶと同時にいなくなった。

モンスターは基本的に生物である。生物だからこそ、魔王の死後も生き残れた。しかしアンデッドは生物ではなく、どちらかと言えば魔法である。ならば術者がいなくなれば消えるのも必然。

だからエギンズはアンデッドに対して心的な耐性など皆無だった。本当に、心の底から恐ろしかった。

死体が動いて襲って来る。そのおぞましさは、もしかしたらゲームで慣れてしまった日本人には分かりにくい感情かもしれない。

現にエルムも、樹法で様子を把握しながらゲラゲラ笑っている。死者の尊厳を著しく毀《き》損《そん》してるなんて考えは一切無い。襲って来たのだから、その代償にオモチャになるくらい許容しとけとすら考えている。

「も、もう許してくれ…………」

憔悴したエギンズは、森の隅で大きな木の洞《うろ》を見付けてそこへ座り込み、懺悔《ざんげ》するように呟いた。

ただ調子に乗った子供に灸《きゅう》を据えるだけのつもりだったのに、まさか死体すら操る化け物だとは思わなかった。もう帰りたい。二度と逆らわないから、外に出してくれ。エギンズは折れ掛かった心でそう願った。それ程までに、死体に襲われる事態に精神が摩耗している。


「許すも何も、お前が始めた物語だろ」


そこに、調子に乗った子供本人が現れる。エギンズが身を隠す木の幹からニョキっと上半身を生やして洞を覗く。ゾンビの次は進撃しそうなセリフをぶちかましてニッコリしてる。

あまりにも人間離れしたその姿に、エギンズの心はとうとう折れた。相手にしてた存在は、本当に人間じゃなく悪魔だったのだと確信してしまった。

「わ、私が…………？」

震える声で返すエギンズに、エルムは演出として顔をまたツタに侵食された状態に移行しながら答える。

「そう、お前だよ。だってそうだろ？　俺はお前に合わせて政治で戦ってた。お前の政敵に情報を流して妨害し、書類に細工して妨害し、他にも三手四手と策を練った。結局使う前にこうやって実力行使に出られた訳だが」

それを聞いたエギンズは悟る。自分の得意分野から意気揚々と飛び出し、相手の土俵に乗り込んだのは自分なのだと。

敵対する貴族を仲間にして相手を妨害するなど、それこそ貴族の得意分野だ。自分はそちらで勝たなければならなかった。貴族であるなら、暗闘でこそ勝利せねばならなかった。

「暴力で済むなら別に良い。それこそ俺の得意分野だからな？　暴力を使って良いなら一瞬で終わる。今みたいにな？　なのに、お前は俺の気遣いを無視して、暴力で解決しようとした。実力行使に出た。その結果がこれだろう？　ノルドを誘拐したのは別に良いけど、どうせ俺がほっといたら双子にもちょっかい掛けたはずだ」

まさに、エギンズがやろうとした事だ。なんの言い訳もできない。

「だから、お望み通り俺も実力行使に出てるだけだ。なんの問題がある？　公爵ちゃん、ペンを捨てて剣を取ったのはお前だぜ？」

一度折れた心が、もう一度折れた。

相手は自分に合わせていた。合わせて貰ってた。

つまりは手加減。そこまでされたのに、貴族として戦える舞台があったのに、そこでの勝ちを諦めて臨んだ今。

もはや惨敗という言葉すら生ぬるい。相手は手加減し、力を抑えていたにも関わらず無様に負け、その上で実力行使を計画して返り討ち。

こんなにも無様で惨めな経験を、エギンズは人生で一度たりともした事が無い。

負け。圧倒的な負け。既に心が負けている。今はただ、敗者として頭を下げて慈悲を願うより他に無い。

そう、全てを諦めそうになったエギンズに――

「なぁ、そっちはノルドを狙ったんだから俺も同じ事して良いよな？」

だがエルムは、追撃を止めない。

要するに、「俺もお前の家族を狙って良いよね？」と聞いている。

引き切った血の気が、更に引く。

「ま、待ってくれ！　家族は関係無いッ！」

「いや、それは通らないだろ？　だってノルドも関係無いはずだもん。幕を上げたのはお前だぜ？」

ゾッとした。エギンズは今この瞬間、本当の本当に後悔した。たった今、本物の後悔というものを思い知った。

妻に、子供に、怪物が牙を剥く。その切っ掛けを作ったのが自分なのだと理解する。

相手は自分だけと戦ってた。性格の悪さとは裏腹に、筋は通していた。

　そんな戦いで横紙破りをしたのは自分だ。明文化されてないとは言え、無関係な者を狙うやり方が無法である事くらいは誰でも分かる。

　口実を与えたのだ。目の前の化け物に、家族を攻撃して良い口実を、自分が与えてしまったのだ。

エギンズは目の前が真っ暗になる。

「なぁなぁ、どうして欲しい？　奥さんの遺体が動くオモチャになるところを見学するか？　それともガキ達が植物の根に吸われて枯れる様でも見るか？　どれでも良いぞ、好きなの選べよ。あ、娘とかいる？　だったら花瓶にしてやろうか？　可愛い娘に綺麗な花が生けてあったら、お前の屋敷も華やかになるだろうさ」

　エギンズは真っ青な顔を地面に擦《こす》り付ける。もはや額なんてみみっちい事は言わずに顔面の全てで地面を擦りながら、弱々しい泣き声で懇願した。

「許してくれ、許してくれ…………」

　その姿はとても、公爵家の当主には見えなかった。

「あーん？　何？　聞こえなーい！」

　そしてエルムの姿はとても、十二歳の子供には見えなかった。純粋に悪魔である。魔族よりも魔族らしい。最初の転生で産まれる種族を間違えたと言われても納得できる。

「頼むぅ……！　もう逆らわない、全て言う通りにするから……！」

　震えて湿った声は、しかし悪魔には届かない。

「はぁ～？　『頼む』ぅ？　『するから』ぁ？　え、何、公爵ちゃんってもしかして、敬語すらご存じないのかなぁ？　そんなにおバカなの？　だからこんな事しちゃったの？　言葉のお勉強から始めまちゅかぁ〜？」

煽る煽る。こんな状況でも、完全勝利の瞬間でも、エルムは煽る。むしろ完全勝利したからこそ煽るのか。

「…………さ、逆らいませんっ。あなたの言う通りに、しますからっ」

「うんまぁ敗者が言う事聞くのは当たり前なんだけどね。そんな当たり前の事も分かってないってヤバくない？　大丈夫？　生きてる価値ある？　そんな知能でちゃんと当主やれてたのって奇跡じゃね？」

木から完全に離脱し、顔もツタを消して元に戻ったエルムはエギンズの頭を踏む。

そんな状況でも、エギンズは屈辱すら感じない。相手は人間じゃなくただの化け物。ただ人の皮を被ってるだけで、気まぐれ一つで家族の命で遊ぶような存在なのだから。少なくともエギンズはそう信じてる。

だが悲しい事に、その化け物は元勇者なのだ。世界を救った勇者なのだ。

「とりあえず、ノルドは解放な？　あれ俺のオモチャだから。無事じゃなかったらその分お前の家族で遊ぶから」

「分かりました、無事に送り届けます……」

「あと例の演説な。あれちゃんとやれよ。全力で樹法の立場を向上させろ。今のままだと使いにくくて困るからさ」

「はい、やります…………」

「後は、そうだな。…………負け犬らしく、口を開く時は必ず語尾にワンを付けろ。悪魔の契約書は使わんけど、お前が普通に喋ってるの見たらお前の家族で遊ぶから」

「は、はい。分かりましたワン……」

そこでエルムは噴き出しそうになる。おっさんの語尾ワンきっつと内心で爆笑してる。

「……あぁ、演説の時だけはワンって言わなくても良いや。そんな無様な演説されたら聞いてる奴も内容が頭に入らねぇだろうし」

「分かりましたワン……」

「……ちなみに、お前の体にはもう魔法を仕込んであるから、約束破ったら大変だぞ？」

ヒッと短く悲鳴を上げるエギンズに、エルムは淡々と事実を伝える。

「お前が無様に逃げ回ってる間に、俺の魔法由来の花粉を少し吸わせておいた。お前の体の中に根付いて、俺の意思一つでお前を殺してアレにする花粉だ」

エルムが洞の外を指さすと、そこには呻き声を上げるゾンビさん達がいた。

エギンズは何度目かも分からないがゾッとした。自分がアレになる、と考えただけで人生で感じた事も無い絶望が心にへばりつく。

「アレになったお前は、とりあえず家族を真っ先に襲う。そして襲われた家族は、お前の事を化け物呼ばわりして死んで行くんだろうな。あとお前に襲われて死んだ家族もアレになるから。分かったか？」

それは、およそ人に許された死に様じゃない。死してなお家族を襲い、そして家族から人ならざるものとして罵倒されながら死んで行く。それだけならまだしも、家族すらアレになる。

何をどうしたらそこまで、人の尊厳を貶める死に様を思い付くのか。エギンズは目の前の化け物が本当の本当に怖くなった。

絶対に手を出してはいけない存在に喧嘩《けんか》を売った。その末路がこれなのかと、何度目とも言えない後悔に苛《さいな》まれる。

「ふぅ、このくらいで良いかな。めっちゃ煽れたし、笑えたし、この辺で許してやるか」

ワンワンと許しを乞うエギンズに飽きたエルムは、「じゃ、あとよろしくな」と言い残してその場を去る。

頭で地面を耕すエギンズは、その姿を見る事も無く、気配が完全に無くなってからもしばらくずっと、地面を見続けて震えていた。

エピローグ・悪夢の後には幸せを。

きゅっきゅっきゅ。エルムの自室に響く音は、ポチの手元から永遠に鳴っている。

そこにエルムはいない。双子が目覚めた時にはもう姿が見えなかった。

エルムから寝る前にあらかじめ休日だと言われていた双子は、それでもエルムを待ちながら思い思いに過ごしている。

ポチは真剣だった。とても真剣に作業している。

「……ぁに、なにしてゅ？」

「んっ」

エルムから教わった料理に勤しむタマは、そんな兄の事が気になって様子を見に来た。

するとポチは、まるで宝物のようにそれをタマに見せた。

「…………どーか？」

見せられた宝物は、ぴっっっっっっっかぴかに磨きあげられた銅貨だった。

「んっ！」

それを「どうだ、凄いだろ！」と言わんばかりのドヤ顔で見せるポチに、妹のタマは困惑していた。

（ぁには、なにしてゅ……？）

結局、先の疑問は解消されてないのだ。何してるの？　と聞いたら何してるのか分からない行為の成果を見せられただけだ。だからお前は何をしてるんだと妹は聞きたい。

「ぉしごと、ある」

「…………………ん」

ん、ではない。タマは青筋を立てる。

今は主であるエルムから与えられた休日ではある。確かに、自由時間ではあるのだが、それでも親に売られる前よりも良い生活を送らせて貰ってる自分達は、いち早く色々な仕事を覚えるべきだとタマは考えている。

幼さ故、流石にそこまでキッチリと堅苦しい思考ではないものの、方向性としてはそうだった。

エルムに対する恩返し。それが自分達の第一であるはず。

だから自分は早くご主人様でありお兄ちゃんであるエルムのお世話をするべく、料理を勉強中なのだ。勿論、魔法の練習も並行して行ってる。

だと言うのに、この兄は何をしているのか？

何故、銅貨を磨いているのだろうか？　タマには何も分からなかった。

「なに、してゅ？」

なので何回も聞く。アナタは何してるのと。

「…………しゅみ」

ポチは端的に答えた。

「しゅみ」

思わずオウム返しにしてしまった妹。

…………趣味？　銅貨を磨く事が？

「…………なんで？」

「ん。ぴかぴか、たのし」

ぴかぴかが楽しいらしい。タマは理解できなくて首を傾げた。

「たまも、りょーり、しゅみ？」

仕事だが？

ポチに聞かれたタマは静かに怒った。

確かに料理は楽しい。できない事ができるようになって、昔の自分ではとても食べれなかったような美味しい食べ物を自分で作って、大好きなお兄ちゃんに食べて貰える。褒めて貰える。

しかし、自分はお兄ちゃんのお仕事を減らそうと思っての事だ。趣味扱い、つまりは遊んでるのと同じ扱いは遺憾である。タマはあまり動かない表情筋によって態度に出す。

「…………………？」

しかしポチには通じなかった。ポチは話は終わったとばかりに銅貨磨きに戻る。既に顔が写る程磨きあげられてるのに、まだ磨くと言うのか。

「ただいま～」

その時、部屋にエルムが帰って来たので二人とも一瞬で駆け出した。

「おぉぉぉ、突撃して来たら危ないだろが」

銅貨を磨いてたポチも、料理の途中だったタマも、全てを投げ捨ててエルムに突撃する。

朝からいなくて、その姿が見えなくて寂しかったのだ。

その腰にしがみつき、二度と放さないと言わんばかりに抱きしめ、頭をグリグリと擦り付けたりスンスンと匂いを嗅《か》いだりする。特にタマは、エルムのお腹がめり込む程に顔を押し付けて深呼吸する。

「なんだなんだ、そんなに寂しかったのか？　朝帰りして悪かったな。ちょいと頭の悪いおっさんに呼び出されて、こんな時間まで遊んでたんだよ。今日が学校休みで良かったぜ」

ぽんぽんと頭を撫でられるだけで心が震えて、他の事なんてどうでも良くなってくる。タマに何か趣味があるとすれば、それは料理でも銅貨磨きでもなく、エルムになでなでされる事だった。

褒めて欲しい。だから料理も勉強してるし、その他のメイドらしい仕事も全部覚えて行きたい。

頑張ったら褒めてくれる。褒める時は頭をなでなでしてくれる。たまにぎゅっと抱きしめながら、極上の状況で徹底的に頭も喉も撫でてくれる。

タマは人の感情に敏感だ。だからなんとなく、エルムが自分を人として扱ってない事も理解してる。

だけど、こんなにも幸せならペットで良い。自分はお兄ちゃんのペットが良い。心の底からそう思っている。ポチの考えも似たようなもの。

ポチとタマは何やら手違いで書類に名前が欠落したと思われている二人だが、真実とは程遠い。

――何せ名前なんて最初から無かったのだから。


エルムは嫌なら言えと、そう双子に告げた。しかし双子にとって、真に主張すべき名前なんて最初から無かった。

体の小さな種族である柔牙族は、女性の平均身長は男性のそれよりも更に低い。

そんな体で双子を出産するのは相応の負担があり、ポチとタマの母親は二人の出産と共にこの世を去った。

父は母を愛していた。それはもう溺愛と言っても足りない程に。

だからこそ、妻の命と引き換えに産まれて来た双子を憎んだ。そこから始まるのは長い長い復讐の日々。

いっそ産まれた時に殺されたなら幸せだった。しかし父親はそんな選択をせず、最低限の養育だけは欠かさずにひたすら冷遇した。

名前は与えられず、愛情など欠片《かけら》も無く、自由に喋る事すら許されない。

だからポチは喋る事をしない。ほとんど全てを「ん」で済ませる。タマも喋るのが得意ではない。

産まれた村で最低限の会話をポチに代わって請け負っていたから兄に比べて多少は喋れるだけであ

る。

だがここは違う。自分たちを買ったご主人様《おにいちゃん》は違う。

なんなら、喋っただけで褒めてくれる。抱きしめて撫でてくれる。今まで貰えなかった愛情の全てを、惜しみなく与えてくれる。

だから双子はエルム・プランターが大好きだ。愛している。なんの比喩でもなく、エルムに死ねと言われたらニコニコ笑って死ぬだろう。

依存、なんて言葉ですら生ぬるい。もはや二人はエルムがいないと生きていけない。生きる意味も意義も意思も、全てを奪われて育った双子には、その全てを与えてくれたエルムの傍にいる事以上に大切な事など一つも無い。

双子は抱きついたエルムから、血の匂いを嗅ぎ取る。新鮮で、濃厚な血の匂い。

だから双子は、エルムが朝まで何をして来たのかをなんとなく察する。だが、それだけ。

どうでも良かった。大好きなご主人様《おにいちゃん》が誰を傷付け、誰を殺そうと、心底どうでも良い事だ。

双子にとってはエルムが正義で、エルムが法だ。ならばエルムに害された誰かが悪い。ただそれだけの事。

これまでに誰を殺していようと、これから誰を殺そうと、双子にとってエルムはいつまでもご主《おにい》人様《ちゃん》だ。

双子はこれからもずっと、エルムのペットでいるだろう。元より、他の愛され方など知らないのだから。


「にぃちゃ、すき」

「んっ」

「どうした改まって。可愛いなこのやろう」


だがそれでも、双子は幸せだった。

書き下ろしSS　騒動後のヒトデカズラ温泉。

「………でっけぇ風呂に入りてぇな」

面倒事を全て解決、…………解決？　否、全て踏み潰して終わらせたエルムは、自室で双子の頭を撫でながら呟いた。

「………ふろ？」

「そう、風呂」

「んー？」

寮にも風呂はあるし、双子も買われた初日に洗われてるので存在は知ってる。だが、エルムの言う「でっけぇ風呂」とは寮の一階にある大浴場ではないのだろうかと、双子はただ疑問を感じた。

入りたいなら入れば良い。

勿論大浴場はでっけぇ風呂である。だがエルムの言ってる風呂はつまり温泉レベルの物であり、銭湯レベルの物ではない。規模は勿論の事、その格も含めて「でっけぇ風呂」に入りてぇらしい。

「よし、行くか！」

エルムは双子を抱えたまま立ち上がった。

「………どこ、に？」

「もちろん、ダンジョンさ！」

思い立ったが吉日。エルムはなまじ力があるので、その傾向がかなり強い。

「おにぃちゃ、なんで……？」

「んー？」

しかし何故、ダンジョンに行くのか。風呂に入りたかったのではないのか。双子の疑問は端的だがもっともだった。

「それがな、ダンジョンの森林エリアだったら超大規模な魔法が使いやすいんだ」

部屋を出て、廊下を歩き、食堂兼エントランスを抜けて外へ。――と、いうところでエルムは捕まる。

「エルムくん！」

「アルテか。暇ならお前も来いよ」

しかしエルムは止まらない。声をかけたアルテの顔をチラッと見ただけで寮の外へと出て行く。

「え、待ってエルムくん！　どこ行くのっ？」

「もちろん、ダンジョンさ！」

双子は思った。お兄ちゃん、そのセリフ気に入ったのかな？　と。

双子は未だに分からない。エルムは大きなお風呂を望んだはずなのに、何故向かう先がダンジョンなのか。

大規模な魔法が使えるからダンジョンへ行く。エルムはそう言ったが、しかし目的はお風呂のはず。謎は深まるばかりだ。

「あの、待ってエルムくんっ……！」

「待たぬ！　止まらぬ！　省みぬ！」

エルムはどこかの聖帝みたいなセリフを口にしながら、双子を抱えたまま小走りで街へと出た。

その後ろを追い掛けるアルテは、エルムが浮かべるその楽しそうな笑顔を初めて見て驚き、そしてときめいた。

そう、今日のエルムは若干のクソガキみがあって可愛いのである。

「行くぜダンジョーン！」


ダンジョンへ到着した。資格を有さないアルテだったが、エルムが「お？　良いのか、コイツはこう見えてレイブレイド家のご令嬢だぞ？　魔法の鍛錬を邪魔すると？」とゴリ押しで通ってしまった。

何より、貴族が無理を言って通る事はままある事であり、別段騒ぐものでもなかったから。

「えっと、それでエルムくん？　ここで何するの……？」

準備部屋すらさっさと抜けて到着した第一層の森林エリア。そこでエルムが颯爽《さっそう》とゴブリンの首を刎ねたので、アルテは怖い場所なのだと再認識して肩を震わせてる。

「露天風呂を、作る！」

露天風呂。つまり露天に用意した風呂の事であり、日本に於ける伝統的な文化だ。発祥も日本かと言えばエルムの知識には「日本かローマじゃね？」くらいの情報しか無いが、とにかく日本人ならば大抵の人が好む入浴施設である。

「ろてん、ぶろ……？」

しかし、アルテの記憶にはそんな施設が存在しない。なんなら、この国の文化でも大規模な浴場すら珍しい部類に入る。基本的に裸体とは余人に晒す物はない故に、大衆浴場なんて物は忌避感が先に来る。貴族などは特に。

それでも学生寮に浴場が存在するのは、卒業する魔法使いが選ぶ就職先のうち、実に数割にも及ぶ人数が軍属になるからである。軍であれば大人数で入浴した方が時間の管理がしやすく、なおかつ費用も抑えられる。その先駆けとして学生寮にも大浴場が存在するのだ。

だが、それでも浴場は浴場であり、そこは『裸でいても良い空間』だからこその大浴場。露天風呂とは文化が根本から異なる。

露天風呂は文字通りに露天に用意した風呂であり、平たく言うと『裸で外に出る』訳である。日本人には分かりにくいが、余程入浴を神聖視する国でなければ露天風呂はかなり強い忌避感を持たれるだろう。

正直、エルム好き好き全肯定奴隷な双子はまだしも、アルテを誘ったのは悪手ですらある。そもそも相手は女性なのだ。風呂に誘うのは如何《いかが》なものか。しかもダンジョンである。デートで向かう先としては落第も良いところ。

「さて、この辺で良いかな」

アルテに合わせてダンジョンを歩き進んだエルムは、一層の端っこまで来ると抱えた双子をその場に下ろし、そのまま地面に両手をついた。

そんなエルムを三人は見守る。ポチも、タマも、アルテも、結局はエルムが何をしたいのか分からないのだ。

「行くぜ。…………来たれ夢の湯、桃源郷！」

その瞬間、ポチとタマとアルテはやっと、エルムがどれ程の魔法使いなのかを認識した。その認識すらまだ足りないのだが、それでも力の一端《いったん》には正しく触れることが叶った。


その魔法は、まるで世界を創り変える神の如き力に見えた。

エルムによって掌握された木々が寄り添い、融合し、まず一本の大樹と化す。物語に出ればたちまちに『世界樹』などと銘打たれそうな程に立派な大樹だ。

その大樹の幹からは滾々《こんこん》とお湯が溢れ出し、いつの間にか完成してた大きな箱に流れ落ちる。そこから更に下部は名工が年単位で作業したとしか思えないようなヒノキ造りの温泉が完成しており、上に溜まった湯がザブザブと流れ落ちて湯船を満たして行く。

一つ言える事は、明らかに少人数が利用する為の施設じゃない。それだけは間違いなかった。

大枠が出来上がっても、エルムの魔法は終わらない。まだ細々とした調整の為に木材がうねり、動き、新しい形を得て行く。

洗い場が生まれ、シャワーが生えて、シャンプーやボディーソープの類《たぐい》もポコンと出て来る。

それから簡単な脱衣所とカゴも追加され、それっぽい暖簾《のれん》まで生まれたならいっそギャグである。

男でも女でもなく、ただ『湯』と書かれている。そして日本語などエルム以外誰も読めない。

それらが全て出来上がったなら、足元から更に材が追加されて行ってぐんぐんと高い場所へと離れてく。景色を楽しむには木の根元ではなく、上から眺められるようにとの配慮だ。露天風呂はやはり、景色が良くないとダメだとエルムが考えたが故に。

「ふぅ、こんなもんかな」

そうして出来上がったのは、世界樹の隣に同規模の切り株があって、その切り株の上に露天風呂が載っかってる超常の施設。

満足そうに汗を拭う仕草で立ち上がるエルムに、三人は声をかけられなかった。

魔法の規模だけで言えば、一瞬で王城を造り上げたのとそう変わらない。

「よし、それじゃ早速入るぞ！」

ウッドデッキのような階段で切り株の側面を上がって行くエルムと、その後ろに追従する三人。

到着した脱衣所で、エルムは服を脱いでカゴにぽいぽいと投げ入れて行く。無論、アルテの前で。

「ちょっ、エルムくん!?」

慌てて手で顔を隠して視線を遮るアルテは、すこーしだけ指の隙間を開いていた。

「あ？　んだよアルテ、十二歳のガキンチョが一丁前に色気づいてんじゃねぇっての」

だがエルムはそんな女の子の恥じらいを鼻で笑った。アルテはエルムをぶん殴っても許されるだろう。

一方双子は、エルムが何をしたかったのかやっと分かったので考えることを止め、エルムに続いて脱いだ服をカゴにぽいぽいと投げ入れてから、エルムの足に抱きついた。大好きなご主人様《おにいちゃん》とお風呂である。テンションが上がって尻尾がフリフリする。

「まぁ、嫌ならそこにいて良いぞ。周囲にはサーヴァントも配置してるし、モンスターは気にしなくて良いから」

そう言ってさっさと浴場へ行ってしまうエルムに、アルテは顔を赤くしながらも決意して服に手を掛けた。


「……………すごぃ、きれぃ」

「ん！」

「だろ？　正直結構な自信作だぜ」

脱衣所を越えた向こうでは、タマがその景色に感嘆の声を漏らし、ポチは楽しそうな空間が広大に広がってる現実に尻尾をフリフリしつつエルムの足に巻き付けた。

景色は基本的に森だが、元々が熱帯に属するジャングル的な空間にエルムが日本風の森を割り込ませた絶妙なバランスになっていた。立ち上る湯気の中、

「まずは体を洗おうな。最低でも掛け湯をするのがマナーだぜ」

双子を連れてシャワーが垂れ流される洗い場に移動し、双子の頭からシャワーを浴びせたら木製ポンプからシャンプーを取って、わしゃわしゃと洗って行く。

洗い終わったら、今度は双子がエルムを洗おうとする。一応はエルムの世話をする為の奴隷でも

あるので、素直に洗われる。

「…………え、エルムくんっ」

先程から「エルムくん」しか喋れてないアルテも、顔を真っ赤にしながらやっと到着した。脱衣所に備え付けのタオルで体は隠しているが、そもそも今のエルムからは見えてない。

何故なら二人がかりで頭を洗われてる最中なので、目が開けられないのだ。泡がわちゃわちゃと飛ぶから目を開けていると危ない。

「やっと来たか。見ての通り、俺は今ちょっと目が開けねぇから、使い方は双子に聞いてくれ」

「う、うんっ……！　えと、タマちゃん教えてくれる……？」

「うん。みてて……」

エルムを洗うついでに、シャワーの使い方などを実演するタマ。自分が教える立場なので、少しお姉ちゃんぶれて楽しいタマだった。

アルテもエルムの隣に座って、その様子を見ながら自分の体も洗い始めた。隣で好きな男の子が裸でいる事実に心臓が破裂しそうな程に高鳴ってるが、元々お風呂なので顔の赤らみは気にならない。

「…………エルムくんは、凄いね。こんなに大きな魔法が使えるなんて」

そして自分のドキドキを誤魔化す為に、そんな話題をエルムに振った。

「あ？　魔力ならダンジョンのを使ってるから大した事ないぞ？」

勿論ダンジョンの魔力を使える事が異常なのだが、エルムはまだ現代魔法使いの技量の最大値を知らないが故の発言だ。エギンズは武門とは言え剣士だったので、宮廷魔法使いなどはまた違った練度なのだと思っている。

「でも、こんなお湯が出て来る魔法なんて、樹法だけじゃ無理でしょう？　燐法と泓法もたくさん勉強したんだよね……？」

「はぁ？　いや、この桃源郷には樹法以外使ってねぇぞ？」

「………えっ!?　でも、お湯とか」

双子に頭をザパーッと流されたエルムは頭をプルプルして水気を飛ばし、アルテの方を見た。バッチリ裸を見られた訳だが、当のアルテは頭を洗った目を瞑《つむ》ってるから気が付いてない。

双子もエルムに倣ってぷるぷるして水気を飛ばした後、今度はエルムの背中を流し始めた。

「水は見ての通り、大樹が根っこを通じて吸い上げてるだけだ。ダンジョンでも水場はあるし、地面にも水分はあるからな」

「で、でもお湯は……？」

「世の中、発熱する植物だってあるんだぜ？　ザゼンソウとか、ハスとか、ヒトデカズラとか」

今回エルムが生み出した温泉。その熱源に使われている植物の名前がヒトデカズラと言う。花の一部が実に四十度近い温度にまで上がる性質を持った植物であり、世界樹の中にその性質を利用した管を大量に用意する事で、地面から汲み上げた水は世界樹から吐き出された時点で四十度のお湯である。

それが途中のプールを経由して流れる事で、程良い温度に調節されているのだ。

「………樹法だけで、こんな凄い事ができるの？」

「そう言ってんだろ。お前、初めて会った時からそうだけど樹法を舐め過ぎてるぞ」

そう言うエルムだが、本人は美少女と一緒に入浴するお色気イベントを舐め過ぎであった。本来ならもっと何かあったはずなのに。

「まぁいいや。んじゃ、お先～」

「えっ、あ……」

混浴イベントにも関わらず、エルムはアルテに大した興味を持たずに湯船へと消える。体は勿論洗い終わっている。

双子もエルムにくっ付いて、というより抱きついてスリスリしながら一緒に湯船へ向かった。アルテは一人、置いてかれた寂しさを誤魔化すように自分の体を洗う。

本来の公爵令嬢なら自分の体など洗えないのだが、アルテは冷遇されていた立場なので余裕だ。

「にいちゃ」

「あーんっ」

樹法で生み出した果物を盆に載せ、湯船に浮かべたエルム。すると双子は盆の上から果実を取ってエルムの口に運ぼうとする。

「いや待て、せめて切れ。リンゴを食べさせようとするなら切れ」

しかし丸ごとだったのでエルムの頬が両側から押されて愉快な顔になるだけだった。

仕方なく、刃法で生み出した小さなナイフで果実を切り分けたエルム。それを見てポチは「そうすれば良かったのか！」と目を見開いて、今更ながらに刃法のナイフを作った。だがもう切り分け終わって、リンゴはポチとタマの口へと運ばれる。

「むきゅっ」

「あむっ」

「美味いか？　本当は酒でも飲むんだろうが、今はジュースで勘弁な」

慣れた手つきで生み出した果実を搾ってジュースにするエルム。双子はお兄ちゃんのお世話がしたいのに、本人のお世話力が高過ぎて手が出ない現状にほっぺをぷくーっと膨らませる。

「お、おじゃましますっ……」

「おうアルテ、タオルは頭の上に載せるのがマナーだぜ」

「ふぇっ!?」

日本のマナーであって外国では違うのだが、当たり前のように言い放つエルム。体を隠しながら湯船に来たアルテは真っ赤な顔で立ち止まる。

だが、エルムが露天風呂から見下ろす景色ばかりを見てる事に気が付くと、アルテは決心してタオルを退《の》けて湯船に入る。

アルテだけがドキドキし続ける理不尽な混浴イベントの開幕だ。エルムは徹頭徹尾、アルテの裸に興味が無い。

「…………綺麗だね」

「だろ？」

「それに、静かで涼しい……」

アルテは風呂に入りながらも涼しいと感じた事に首を傾げるが、しかし露天風呂の特徴なのでおかしくない。解放された空間での入浴なので、音が響かず静かであり、そして熱が籠《こも》らないのでのぼせにくい。文化の壁さえ無いなら露天風呂は素晴らしい物なのだ。

全周全てが木製なので、どこからでも果実や飲み物を用意できるエルム。その姿には一瞥《いちべつ》もくれないが、アルテの前に果実とジュースが載った盆を滑らせた。

「あ、ありがとう……」

「まぁ飲めよ。多分、俺が双子以外にこんな優しくすんのはかなり珍しいからな？」

「そ、そんな事ないと思うけど……」

チラリとエルムの横顔を盗み見たアルテは、また自分の心臓が高鳴るのを自覚した。

水に濡れ、優しい顔で双子の頭を撫でながらも景色を眺める遠い眼差《まなざ》し。普段は見る事ができないエルムの顔に、アルテは風呂の温度以上に体温が上がっていく。

一人だけラブコメの波動を放つ空間で、エルムは指先を小さく動かすだけで樹法と氷法を操って豆乳アイスなども湯船に浮かべていく。それに飛び付くように湯船を泳ぎ始めるポチと、餌に釣られずエルムに抱きついたままのタマ。

「んっ！」

アイスが載った盆をビート板代わりに泳いで戻り、取って来たアイスを真っ先にエルムへとプレゼントするポチ。だがそれを作ったのはエルムである。

「ありがとな」

「んっ！」

しかし優しく笑ってあーんに答えるエルムと、嬉しそうにニッコリするポチ。普段の動かない表情筋からは考えられないニコニコだ。

その様子を横から見るアルテも、ずっと胸がドキドキと拍動を刻み続けて混浴イベントを楽しんでいた。


後日。


「何その楽しそうなの！　僕も呼んでよ！」

「気が向いたらな」

意外と風呂好きなノルドが悔しがっていた。使用後は解体された露天風呂も、また日の目を見るかもしれない。

あとがき

どうも皆さん、ももるるです。

まず本作をお手に取って頂いた皆様へ、心の底から感謝を。本当に、本当にありがとうございます。大好き。結婚しよ？

作品をお読みになってからあとがきを見る方々。読む前にあとがきから見る派の方やなんなら購入前にあとがきを見てから決める方々。ウェブ版から来てくださった方々等々、様々いらっしゃるかと思います。

まずお読みになった方々は、本作品は楽しめましたか？　この作品を読むために使った少なくない時間は、無駄にはなりませんでしたか？　もし費やした時間以上の何かを得てもらえたのなら、作者として心から嬉しく思います。結婚しよ？

本編を読む前、または購入前の方々も、まず手に取って頂き本当にありがとうございます。特にご購入前のあなた、ぜひそのままレジへ向かってくださいお願いします。

そしてウェブ版から来たぜという、ももるるの事が大好き過ぎる皆様。ももるるも大好きだよ結婚しよ。皆の応援の力で書籍になったんだよ。この本はももるると皆で作った元気玉だよ。オラに元気を分けてくれてありがとね。当作品はウェブ版よりも煽りティ上げてあるから楽しんで欲しい。

さて、ももるるは書籍化が初めてなので、当然ながらあとがきを書くのも生まれて初めてです。

こんな内容で良いのかは甚《はなは》だ疑問ではあるのですが、まぁこの文がそのまま載ってるのなら編集者様から許されたと見て良いでしょう。つまり結婚しよってこと。

あとがき処女が長々と駄文を書き綴《つづ》りましたが、許された文字数の関係でそろそろ謝辞にて締めと参りましょう。

…………いや、残りの文字数でこの溢れんばかりの謝意を伝えきれと言うのか？　無茶じゃないか？　やるしかないか。

まず最初に、星の数ほどあるアマチュア作品の中から当作品を発掘してくださった編集者様と関係者の皆様。本当にありがとうございました。読者様達と共に大きく育てたこの元気玉をぜひ受け取ってください。喰らえオラぁあッ！

次に、ももるるとは別の角度で当作品へ命を吹き込んでくださったイラストレーターのすみ兵様。ほとんどド素人のようなももるるの作品に色彩を頂きまして、本当にありがとうございます。どうぞウチの子達をお願いします。

そしてこの本の制作に関わってくださった校正様、印刷所様、その他もろもろ関係者各位様や、数多の書籍からこの本を見付けてくださった皆様。おかげ様でももるるの本が世の中に出ました。ありがとうございます。本当に、ありがとうございます。

それではまた、次があればあとがきでお会いしましょう。サラダバー！

BKブックス

樹法の勇者は煽り厨。

～謀殺されたけど転生したから煽り散らして生きて往く元最強～

2023年10月20日　初版第一刷発行

著　者　ももるる。

イラストレーター　すみ兵《へい》

発行人　今 晴美

発行所　株式会社ぶんか社

〒102-8405　東京都千代田区一番町29-6
TEL 03-3222-5150（編集部）
TEL 03-3222-5115（出版営業部）
www.bknet.jp

装　丁　AFTERGLOW

編　集　株式会社 パルプライド

印刷所　大日本印刷株式会社

ISBN978-4-8211-4674-1